Assises

Tiphaine Auzière

Assises

roman

Stock

Photo de bande : Astrid di Crollalanza

ISBN 978-2-234-09686-8

À Antoine, Élise et Aurèle ;
la lumière de mes ténèbres

« Ne vaut-il pas mieux se tromper en allant de l'avant que d'avoir raison en reculant. »

Frédéric Dard

Chapitre 1

Jeanne patientait sur une chaise, ses pieds ne touchaient pas le sol. Elle semblait si petite dans ce couloir interminable. Tout était sombre, sauf elle. Elle avait mis une robe en jean, des baskets neuves et un nœud rouge pour attacher sa queue-de-cheval blonde. Elle paraissait prête et déterminée au milieu de ce dédale du tribunal judiciaire de Boulogne-sur-Mer.

Un enchevêtrement de chemins, de recoins, dans lesquels se côtoient victimes, coupables et auxiliaires de justice. La lumière y est artificielle, l'angoisse réelle et le brouhaha permanent. On y court, on y attend, on craint autant que l'on espère. Même si parfois l'air est difficilement respirable. Une cohabitation bruyante, surprenante, normée, où chacun a sa place, son rôle, son temps d'audience.

Ce jour-là, dans le couloir de l'instruction, devant le cabinet 2, on pouvait apercevoir une succession de chaises vides puis cette petite fille aux yeux marron qui serrait son doudou contre son cœur. Elle emplissait tout l'espace par sa présence. Jeanne était ce paradoxe de la jeunesse et de la maturité. Face à elle, Sandra, sa maman, s'agitait, tournait en rond, froissant nerveusement la convocation qu'elle tenait dans sa main. Ce 1er septembre 2016, c'était le jour de leur audition devant M. Deiss, juge d'instruction en charge du pôle des mineurs.

Jeanne avait tenu à prendre son cartable, elle voulait se rendre à l'école dès sa sortie du tribunal. Elle aurait préféré faire sa rentrée comme tout le monde, à 9 heures, avec ses amies et le mot d'accueil du directeur. D'autant que c'était sa dernière année en primaire. Mais depuis un an, la vie de Jeanne n'était plus tout à fait normale.

C'est de cela qu'elle devait parler ce matin alors qu'elle aurait aimé se taire. La petite fille joyeuse et bavarde aurait souhaité qu'on arrête de la questionner. Ou alors qu'on l'interroge sur son chien, ses copines, les menus de la cantine, mais pas sur ça. Ça, comme elle l'appelait, c'était le viol qu'elle avait subi par son beau-père quand elle avait huit ans.

« Maman, quand est-ce qu'elle arrive ? On en a pour longtemps ?

– On parle de moi ? Je te manquais déjà, Jeanne ? rétorqua une jeune femme souriante.

– Si vous saviez, elle n'arrête pas de vous réclamer depuis ce matin, maître Delaurel. Elle est très énervée parce que c'est la rentrée.

– Ah oui, j'avais oublié ! »

Diane Delaurel sortit de sa sacoche en cuir sa robe d'avocat.

« Comme d'habitude, à toi puis à moi ? »

Jeanne sauta de sa chaise avec un hochement de tête satisfait. Elle enfila la robe, fit quelques pas dans le couloir, puis défia sa mère et Diane en tendant un bras vers elles.

« C'est moi, maître Jeanne.

– Alors dites-moi, maître, vous avez une stratégie pour notre rencontre de ce matin avec M. Deiss ? lui demanda Diane.

– Garder le silence. »

Tout était dit. Jeanne était toujours ainsi, déconcertante de vérité.

« J'entends, maître, mais permettez-moi de vous proposer autre chose. Pour cela, accepteriez-vous de vous approcher ? »

Intriguée, Jeanne s'avança vers son avocate qui lui tendit un petit paquet dont elle s'empressa de déchirer le papier cadeau. Elle découvrit un carnet de notes, une trousse et un joli stylo plume gravé à ses initiales.

« Ouah, vous n'aviez pas oublié du tout !

– Que c'est la rentrée. Que j'accompagne la petite fille la plus incroyable que je connaisse et qu'elle mérite bien un cadeau pour cette nouvelle année scolaire ? Ou que tu dois me rendre ma robe ? Non, je n'ai pas oublié. »

Jeanne fit un dernier pas de danse avant de rendre à Diane son armure.

« Ce stylo et ce carnet, c'est pour te permettre d'écrire et dessiner ce que tu veux et de me le montrer ou non. Notre aventure continue, avec cette audition et, dans quelques mois, le procès aux assises. Sans doute auras-tu des questions, de la colère, de la tristesse, ou peut-être voudras-tu juste faire une BD de toi et moi ?

– Ça me plairait bien, ça, mais je vais réfléchir.

– En attendant, ce matin, j'ai besoin de toi maître Jeanne pour m'assister. Il faut que tu répondes une dernière fois à M. Deiss pour qu'il puisse terminer son rapport afin d'aider les juges aux assises. En es-tu d'accord ?

– Je vais essayer. »

M. Deiss, qui avait suivi la scène à l'autre bout du couloir, s'était bien gardé de se montrer ou d'intervenir. Cet homme de loi, proche de la retraite, à la patience infinie et l'écoute attentive, connaissait la difficulté de l'exercice qui attendait la petite. Comment faire parler un enfant de choses dont il devrait tout ignorer à son âge ?

Cet ancien policier, devenu magistrat sur le tard, avait voué sa vie aux mineurs. Il s'était formé auprès de psychologues, se remettait sans cesse en question, se réinventant à chaque affaire pour être en capacité de rendre des instructions cohérentes et objectives pour ses pairs, dans le respect des jeunes victimes.

Il faut dire qu'il œuvrait dans un tribunal hanté par le fantôme de l'affaire Outreau. Ce procès, qui avait eu lieu douze ans plus tôt, mettait en cause dix-sept adultes pour des faits de viols, de corruption de mineurs ou encore de proxénétisme sur douze enfants. Des habitants de Boulogne et des environs dont le bruit des pas retentissait encore dans le couloir de l'instruction. Tout le monde gardait à l'esprit la décision de la cour d'appel de Paris de novembre 2005 qui avait fini par innocenter treize des mis en cause au motif notamment d'une dénonciation mensongère de certains enfants souffrant d'un syndrome d'aliénation parentale. Face à cette débâcle judiciaire, le garde des Sceaux de l'époque, Pascal Clément, ainsi que le président Jacques Chirac avaient même présenté leurs excuses au nom de l'institution judiciaire. Des excuses à qui ? Et pourquoi ? Aux adultes, évidemment, pour avoir été privés injustement de leur liberté. Ceux dont la réputation et la vie sociale avaient été définitivement ruinées sur l'autel médiatique.

Quid des enfants ? Hélas, pas un mot sur ces victimes collatérales du rouleau compresseur de la justice. Ces enfants violés, à la fois victimes et coupables d'un système qui n'avait su ni les entendre ni les protéger.

L'erreur judiciaire avait mis en lumière deux dysfonctionnements majeurs que le tribunal de Boulogne s'efforçait d'oublier et de corriger. D'une part, l'isolement du jeune magistrat, chargé d'enquêter seul sur une importante affaire de pédophilie. Il lui avait été reproché d'avoir instruit contre les accusés et non à charge et à décharge, comme le lui imposait la loi, pour connaître la vérité. À cela, il fallait remédier par la collégialité en assurant aux magistrats instructeurs la possibilité de traiter à plusieurs ce type de dossiers pour permettre à chacun de partager ses doutes, remettre les autres en question, éviter l'erreur. Et surtout repenser la manière dont on recueille la parole des enfants. Des mots qui défilent parfois sous la contrainte, les conflits de loyauté, ou qui reprennent la parole d'un adulte ayant autorité. Comment faire parler et entendre un enfant ?

Avec les années, le juge Deiss n'avait acquis aucune certitude. Il vivait de ses doutes, qui le rendaient humain, sensible et assurément juste. Tous regrettaient son départ prochain à la retraite. Ainsi, dans ce couloir du tribunal de Boulogne-sur-Mer, il était ému par la scène qu'il venait de voir entre Jeanne et son avocate.

Cette complicité de cour, ces instants volés et des rires qui, même entre ces murs, pouvaient résonner.

« Bonjour, Jeanne, madame, maître Delaurel. J'ai cru comprendre que j'aurais affaire à deux avocates ce matin, j'ai intérêt à bien me tenir. »

Ils entrèrent dans son bureau.

« Jeanne, tu connais mon poisson presque rouge, Maurice ?

– Oui. Je peux lui donner à manger, comme la dernière fois ?

– OK, et après on commence, ça te va ? »

Jeanne s'approcha du poisson et versa quelques granulés dans l'eau.

« Regardez, maître, il est comme moi, il ne tourne pas tout à fait rond dans son bocal. »

Jeanne retourna s'asseoir en prenant au passage la poupée qui était sur l'étagère. Après quatre auditions, elle savait ce qui l'attendait. La figurine était le témoin de son effraction corporelle. D'abord la déshabiller puis la caresser, la toucher, au niveau des cuisses, de la poitrine, en terminant par les fesses et le sexe. Son beau-père suivait toujours le même rituel dès que sa mère était absente. Jeanne mimait les gestes presque mécaniquement. Sa mémoire corporelle était intacte tandis que son cerveau semblait ailleurs. Il n'y avait plus qu'en ce lieu qu'elle jouait à la poupée. À la maison, elle les avait toutes jetées.

Son avocate la regardait avec admiration autant qu'avec compassion. Elle percevait en elle une résilience et une force dont bien des adultes ne pouvaient se targuer. Une fois l'exercice terminé, les yeux de Jeanne se rallumaient.

« C'est bon, j'ai tout bien fait ? On peut y aller ? »

Jeanne souffrait du « syndrome du premier de la classe ». En présence du juge, ou de son beau-père, elle cherchait toujours à être la meilleure, à faire plaisir aux autres.

« Jeanne, tu sais ici il n'y a pas de notes. Et moi, ce qui me rend heureux, c'est déjà ta présence et que tu acceptes de répondre à mes questions. Tes réponses t'appartiennent et, pour ton âge, tu fais déjà sacrément entendre ta voix. Alors, ce qui compte, c'est ta vérité. Pas celle que l'on a pu te demander de raconter. Pas celle que tu aurais envie de dire pour épargner ta maman, ton beau-père ou le reste de ta famille. Celle que tu ressens, qui est juste, pour nous permettre de faire notre travail. »

Jeanne poussa un léger soupir de soulagement et regarda son avocate.

« De toute façon, je ne connais qu'une seule histoire, la mienne. »

Cette phrase sonna la fin de l'audition et la clôture prochaine de l'instruction.

« Jeanne, si on allait manger un welsh pour fêter ça ? À moins bien sûr que tu préfères aller à la cantine, lui lança Diane.

– Ah oui ! Hein, maman, je peux ? »

Sandra hocha la tête en guise d'assentiment. Si, au départ, il lui avait été difficile d'accepter le lien qui s'était créé entre Diane et sa fille, elle avait compris qu'il était nécessaire pour Jeanne de pouvoir refaire confiance à d'autres adultes et de pouvoir s'exprimer devant une personne extérieure à la famille. Unique moyen pour Jeanne de parler sans la crainte de déplaire ou de faire souffrir. Aussi, elle s'amusa de voir sa fille partir au restaurant comme si rien ne s'était passé.

« Promis, je vous la ramène à temps pour l'école cette après-midi. Faut bien qu'elle bosse, cette petite, si un jour elle veut reprendre mon cabinet. »

Chapitre 2

« Une bonne année répare le dommage de deux mauvaises. »

Voltaire

La calculette mentale de Diane fonctionnait à plein régime. Plus que trois jours, une garde à vue, une plaidoirie et une visite en centre pénitentiaire pour clore cette année. Quelle ironie que d'être enfermée pour les derniers jours de décembre ! Ultime manière de retenir encore les jours tranquilles de 2016, comme si 2017 devait s'annoncer tumultueuse. C'était son truc, à Diane, de compter – les jours, les tâches à réaliser, les bougies sur les gâteaux –, lui donnant l'illusion de la maîtrise du temps. Elle s'appliquait d'ailleurs à l'organiser méticuleusement – pour les autres, évidemment.

Diane s'était toujours sentie légitime à le faire puisqu'elle anticipait et faisait siens les désirs des autres. Pas un délire de toute-puissance, plutôt un don qu'elle s'était évertuée à développer. En effet, elle avait vite compris qu'en devançant les besoins des autres, en s'attelant à les combler, elle pouvait tout obtenir. Offrez de la réussite scolaire, et vous aurez le respect de vos parents. Offrez de la franche camaraderie, et vous aurez des amis. Offrez de l'écoute, de l'admiration, du sexe, et vous aurez un homme. C'était devenu son mantra : contenter les autres pour se réaliser. Ce faisant, elle avait obtenu tout ce qu'elle voulait. Pas de redoublement, pas de détour, de la réussite dans le travail comme en amour. À commencer par une trajectoire professionnelle ascendante. Diane pouvait se targuer d'avoir créé son cabinet d'avocats, là où beaucoup de ses camarades avaient choisi la collaboration dans des cabinets dont la réputation n'était plus à faire. Elle avait pris ce risque en décidant de s'installer sur la place de Montreuil-sur-Mer. Une jolie ville des Hauts-de-France dans laquelle Diane se sentait heureuse. Elle y trouvait le confort d'une ville bourgeoise de province, protégée par ses remparts, avec une perspective sans limites sur la campagne et l'horizon.

Diane incarnait les contrastes de cette terre qu'elle avait arpentée enfant avec ses grands-parents, de riches industriels du Nord qui avaient fait fortune dans le textile. À chaque période de vacances, ils se rendaient en villégiature au Touquet en emmenant avec eux la petite Diane, son père étant trop occupé par son travail, et sa mère à l'attendre.

Faute d'avoir hérité de l'affaire familiale dont la transmission se faisait uniquement de père en fils, la mère de Diane avait opté pour un bon mariage. Celui qui la mettrait à l'abri du besoin et lui permettrait d'avoir des enfants, comme sa mère et sa grand-mère avant elle. Avec l'âge, ses critères avaient évolué. Elle avait oublié un point : l'amour ! Celui que son mari accordait à d'autres et qui lui manquait cruellement. La dépression l'avait cueillie alors que Diane n'avait que neuf ans tandis que ses deux frères venaient de quitter la maison. Dès lors, avec sa mère, elle vivait les montagnes russes de la bipolarité. Elle la relevait lorsqu'elle sombrait, tentait de l'apaiser lorsqu'elle s'enflammait. Son père avait quitté le champ de bataille, achetant l'amour de Diane à coups de cadeaux faramineux. Assurément, elle ne manquait de rien, sauf d'un père.

Dans sa jeunesse, la Côte d'Opale avec ses grands-parents était devenue son échappatoire. Elle n'avait plus à porter le poids des angoisses de sa mère, à peser chacun de ses mots pour éviter de déclencher une crise aussi inattendue qu'inexpliquée. Loin de ses parents, elle n'était plus obligée de mentir pour sauver les apparences.

Là, personne ne connaissait sa famille, elle n'avait donc plus besoin de la survendre. Le Touquet avait pour Diane la saveur de l'insouciance. Tout lui y paraissait plus doux – la caresse du sable fin sous ses pieds, l'enveloppante lumière de la fin de journée qui se reflétait sur les vagues. Elle était si heureuse lorsque sa grand-mère l'emmenait rue Saint-Jean pour acheter un jouet à La Boîte à joujoux et déguster une crêpe à la cassonade aux Mignardises. Diane aimait aussi accompagner son grand-père au marché le samedi matin. Ces étals colorés, cette ambiance où se mêlaient les familles et les vendeurs ambulants. Son préféré, c'était « Aster », comme elle l'avait surnommé. Un homme convivial qui haranguait la foule avec un slogan imparable : « Y a des affaires à faire à cette heure ! »

Au fil des années, Diane avait fait un refuge de la maison de ses grands-parents. Dessinée par l'architecte Louis Quételart, cette demeure au charme anglo-normand était typique des habitations touquettoises, avec de larges fenêtres donnant au sud, une grande hauteur sous plafond et un salon immense dans lequel Diane jouait avec Hutch, le labrador noir de la famille. Avec lui, elle explorait chaque parcelle du jardin et s'amusait à guetter le passage des chevaux qui se promenaient le long des allées cavalières bordant le terrain. Diane avait toujours été fascinée par ces animaux qui l'attiraient autant qu'ils l'effrayaient. Elle était sensible à leur beauté, la grâce de leurs mouvements, la vivacité de leur instinct et l'imprévisibilité de leur comportement. Elle aurait tant aimé ressentir la liberté du cavalier qui galope sans destination. Ses parents lui avaient formellement interdit de monter à cheval, de crainte qu'elle ne se blesse. Alors, Diane se contentait de les regarder avant de regagner la maison. Elle adorait jouer au Uno avec ses grands-parents devant la large cheminée du salon qui la réchauffait après les journées denses et fraîches qu'elle passait au club de plage Caddy Sports. Là-bas, elle nourrissait des amitiés estivales faites de bonheurs simples et de soucis passagers. Le temps des vacances était pour elle celui de l'enfance.

C'est à cette époque-là que Diane avait tissé un lien fusionnel avec la plage du Touquet. Son relief était à l'image de son être, pluriel et changeant, ses dunes comme autant de petites collines de sable qu'elle s'évertuait à gravir toujours plus haut – hauteur dont elle avait besoin pour s'apaiser en contemplant le paysage. Elle aimait le jeu entre les marées et le sable, cet éternel recommencement où la mer recouvrait en quelques heures ce qu'elle venait de découvrir. Diane préférait la marée basse, sa plage immense et la confusion qu'elle entraînait pour le regard du promeneur, quand la mer et l'horizon semblaient ne faire qu'un, une ligne lointaine et continue où rien ne s'arrête et tout commence. Sur cette plage sans limites, Diane ne s'en fixait aucune. Chaque parcelle de sable conquise, chaque nouveau sommet franchi était autant de victoires pour cette petite fille qui n'aspirait qu'à la liberté des grands espaces. Un jour, elle cesserait de subir le choix des autres et déciderait par elle-même de sa vie.

Aussi, ce fut pour elle une évidence de s'établir sur cette terre d'Opale dans laquelle elle avait puisé sa force. Lorsqu'elle vissa la plaque de son cabinet d'avocats devant ses amis et ses frères, elle esquissa un sourire et pointa les remparts en déclarant :

« Pourvu que je ne finisse pas en ruine ! »

Connaissant l'ironie de Diane, tous n'y avaient vu qu'une facétie. Pourtant elle avait beau lutter, elle sentait parfois la fragilité de son édifice. Et puis, elle repensait à cette tirade de Roméo à qui l'on annonce qu'il est banni de Vérone : « Ah ! le bannissement ! Par pitié, dis la mort ! L'exil a l'aspect plus terrible, bien plus terrible que la mort. [...] Hors des murs de Vérone, le monde n'existe pas [...]. Être banni d'ici, c'est être banni du monde [...]. »

C'était bien là ce que pensaient ses anciens camarades des grandes écoles parisiennes. Pour eux, le

Nord, c'était la mort professionnelle. Comment avait-elle pu faire ce choix, d'autant qu'elle avait reçu de multiples offres de la part de prestigieux cabinets de la capitale ? C'était le chemin tout tracé, la collaboration dans une grande et belle enseigne pour cinq ans avant d'envisager de devenir associée d'un cabinet dont la carte de visite faisait rêver le Tout-Paris. Certains accusaient Diane de fuir son destin ; c'était pour elle un retour aux sources. Elle refusait d'être comme ses jeunes confrères qui grattent du papier pour leurs associés sans jamais rencontrer un client avant d'avoir quarante ans. Diane avait choisi cette profession pour côtoyer des gens, non des conclusions. Elle avait envie d'échanger, de ressentir, de s'investir aux côtés de personnes de chair et d'os, pas de cas A ou B qu'on lui soumettrait sur papier. Alors, qu'importent les avis, elle s'était bannie en province et promis de réussir, même si ça devait prendre plus de temps. Elle n'avait pas pour habitude de choisir, encore moins de renoncer, elle voulait tout et elle y était parvenue.

À trente-six ans, elle s'était hissée au classement Choiseul Hauts-de-France des leaders économiques de demain avec pour objectif de devenir la pénaliste incontournable en France pour ses quarante ans.

Dans sa vie privée, Diane n'avait également laissé aucune place au hasard. La jolie brune aux yeux verts avait eu l'embarras du choix. Pourtant, elle ne s'était jamais égarée en chemin, usant avec parcimonie de sa beauté, dont elle ne mesurait pas la portée. Elle était allée droit au but en rencontrant au lycée celui qui deviendrait quelques années plus tard son mari, Georges. Un jeune homme de bonne famille au charme simple qui avait rapidement suscité son intérêt. Il était doux et attentionné. À l'âge des beaux parleurs, Georges était un garçon timide et honnête en qui elle pouvait avoir confiance. Il lui était à la fois familier et prévisible, lui apportant la sérénité dont elle avait toujours manqué. Ne restait plus à Diane qu'à dérouler son plan de vie : le diplôme, le métier, le mari et la famille.

Loin des romans du XIXe siècle dont elle s'était abreuvée et des héroïnes qu'elle avait admirées, Diane avait écrit son conte de fées, s'évertuant à dissimuler ses élans romantiques pour ne pas sombrer comme Emma Bovary. Elle s'efforçait donc de se départir de sa sensibilité qui lui apparaissait comme une fragilité. Elle avait bâti autour d'elle et de ses émotions une forteresse qu'elle pensait imprenable. À l'abri des passions et de tout emportement, elle en avait fait son havre de paix – d'aucuns diraient sa cage dorée –, avec pour corollaire son lot d'envieux. Après tout, c'était énervant, les gens heureux ! En cette fin d'année-là, Diane elle-même semblait s'en agacer. Chaque nouvel an était pour elle un éternel recommencement, où il lui fallait tout questionner, comme si quelque chose lui avait jusqu'alors toujours échappé. Elle repensa à un article qu'elle avait lu la veille sur l'espérance de vie des femmes, 83,5 ans dans l'Union européenne. Une question la percuta : si elle avait déjà tout, n'avait-elle donc plus rien à se souhaiter pour les 46,5 années qu'il lui restait à tirer ?

Chapitre 3

Accroupie devant le mur, Laura dessinait son six cent soixante-dixième bâton. C'était sa routine à elle, son moyen de s'approprier sa cellule et son rapport au temps. Celui qui compte double derrière les barreaux. En six cents jours, on aurait dit que cette jeune femme de trente-huit ans avait vieilli de dix ans. Des bâtons, comme autant de petits personnages pour lui tenir compagnie.

Sa frêle silhouette trahissait sa vulnérabilité. Elle avait renoncé à coiffer ses jolis cheveux blonds, à rehausser ses yeux de couleurs. Se voûtant chaque jour un peu plus, elle s'oubliait pour se faire oublier.

Cette nuit-là encore, Laura avait eu froid. Lorsque le jour cédait la place à l'obscurité, elle se tétanisait. Comme si plus rien ne pouvait la réchauffer. Dans ces instants de dureté, elle s'interdisait de penser à sa vie d'avant, estimant qu'elle n'était même plus digne d'avoir des souvenirs. Les réminiscences, c'était pour celles qui donnaient la vie, pas celles qui l'ôtaient.

La voyant se perdre dans ses pensées, Claire, sa codétenue, essaya de la secouer. Contrairement à Laura, ce petit bout femme n'était pas du genre à se laisser abattre. Sa gouaille était aussi flamboyante que sa chevelure rousse. Elle ne comprenait toujours pas la présence de Laura dans ces lieux. Claire avait toujours cru en elle. Pas en son innocence, qu'elle n'avait d'ailleurs jamais clamée. Le sang sur ses vêtements, l'arme du crime entre ses mains et ses aveux immédiats ne laissant de toute façon aucune place au doute. Non, Claire avait toujours cru en l'humanité de Laura. De celle qu'on présentait en société comme une « fille modèle ». Jamais les parents de la jeune femme n'eurent un mot à dire sur elle tant ils se faisaient du souci pour son frère qui souffrait d'une légère déficience. Très vite, Laura avait pris le parti de se faire discrète et de les soulager. Elle acceptait tout, surtout les après-midi à garder son frère aîné au lieu d'aller flâner avec ses copines, qu'elle pouvait compter sur les doigts d'une main à force de refuser les invitations. Laura rechignait à les faire venir chez elle. Elle avait honte de sa maison, qu'elle jugeait plus modeste que celles de ses amies. Et puis, elle était gênée de présenter son frère, lui qui pouvait se montrer imprévisible, blessant, voire agressif.

Elle l'aimait autant qu'elle détestait le regard que certains autres posaient sur lui. Ce qu'elle craignait par-dessus tout, c'était le récit qu'auraient pu faire ses camarades à l'école. Alors, Laura préférait rester seule plutôt que susciter la pitié.

Ses parents, ouvriers à l'usine Valeo depuis leurs dix-sept ans, n'avaient jamais obtenu de diplôme et consacraient leur temps libre à leurs enfants. Laura s'en voulait parfois d'avoir honte de son milieu modeste, du handicap de son frère. Elle aurait aimé être plus forte et dépasser cela. Longtemps elle avait serré les dents, attendant patiemment de quitter cette maison dans laquelle elle étouffait. De ces années-là, elle aura pourtant gardé l'essentiel, l'écoute et le don de soi, en s'orientant vers le métier d'assistante sociale, mettant au profit des autres les capacités qu'elle avait développées auprès de son frère.

Quelle ascension professionnelle pour cette fille d'ouvriers ! Laura ne le percevait pas, cultivant, comme pour sa beauté simple, la pudeur. Il lui semblait parfois être transparente, n'envisageant son existence qu'à travers le regard de ceux qu'elle pouvait aider. Si bien que, pour se trouver, elle se tournait vers ceux qui se perdaient en route, au grand désarroi de sa mère qui se plaignait de la voir ramener « tous les chiens égarés », expression qu'elle employait pour désigner les petits amis de sa fille. Tous présentaient des similitudes : ils étaient déstabilisés par une histoire familiale difficile, et ne devaient leur salut qu'à Laura. Elle était d'abord touchée par leurs faiblesses, voulait ensuite les sauver. Puis elle devenait l'objet de leur dépendance et de leur obsession au point de ne plus savoir se défaire de ces relations toxiques et d'en payer le prix fort. Claire essayait de lui ouvrir les yeux, de lui faire admettre qu'elle avait accepté de s'oublier au profit de ces hommes. Mais comment considérer que l'on est une victime lorsque l'on est une meurtrière ?

Le point de vue de Claire était inaudible pour Laura. Elle était l'unique responsable des malheurs de son entourage. De mauvaises décisions en passage à l'acte, Laura endeuillait la vie. Alors, elle méritait sa cellule. Après tout, c'est bien le rôle du Code pénal de mettre dans des cases ceux qui franchissent la ligne. La liberté est un privilège qui n'appartient qu'à ceux qui savent la dompter.

Ainsi, Laura appelait de ses vœux ce volet répressif. À ses yeux, qu'importent les barreaux, elle s'était déjà enfermée. C'était pourtant oublier qu'au-delà de la sanction, le Code pénal vise aussi la réinsertion. Le système des peines est basé sur la croyance que l'homme peut apprendre de ses erreurs, changer et se réinventer. Mais, pour changer, encore faut-il se rappeler qui on est. Un luxe qui n'appartenait plus à Laura, elle qui avait perdu la vie et ses repères en donnant la mort.

Était-elle née meurtrière ? Il lui semblait que non mais, après des jours d'enfermement, elle finissait par douter de tout et surtout d'elle-même. Et puis, qu'est-ce que cela changerait ? Le résultat était le même. Laura tentait manifestement de s'en convaincre pour éviter de réfléchir à son geste, de repenser à ces instants qui lui faisaient peur autant qu'elle-même se faisait peur. Elle s'était découverte capable du pire, elle qui pensait avoir toujours œuvré pour le meilleur. Depuis, elle ne vivait plus, ne survivait pas non plus, elle attendait son heure. Encore quelques mois, un procès, et elle serait fixée. Quelle que soit la sentence, Laura l'accepterait. De toute façon, elle s'était déjà condamnée à perpétuité.

Chapitre 4

Sur l'autoroute A16 qui la conduisait à Boulogne-sur-Mer, Diane rêvassait en silence, le regard tourné vers la campagne et la mer qui semblaient s'unir. Cette terre unique, la sienne, dont le camaïeu de couleurs ressemblait à ses états d'âme. Ce dégradé de vert-bleu-gris qui se réchauffait sous la douce lumière du Nord. Seule, au milieu d'une vaste plaine, se dressait une éolienne. De ces nouvelles fleurs des champs qui poussent sur le déficit des villages en perdition. Et si Diane était comme elle ? Simple, droite, rentable, toujours utile pour combler les manquements des autres ? Aussitôt, elle balaya cette question. Comme elle le faisait chaque fois qu'elle se sentait au bord du gouffre.

Jamais Diane ne cherchait le pourquoi de ses propres turpitudes. Devenue ingénieure en chef des « comment », elle avait ainsi trouvé mille moyens d'aider les autres pour éviter de se perdre. Le choix de sa profession était l'un de ces comment. Il lui était si facile de mettre des mots pour défendre les maux des autres. Aujourd'hui, il lui faudrait trouver ceux qui allaient accompagner Karine Lepretre durant sa garde à vue, pour laquelle Diane avait été sollicitée dans le cadre de sa permanence pénale.

Lorsqu'elle arriva au commissariat, à l'angle de la rue Perrochel, elle eut un léger mouvement de recul face à ce bâtiment sombre, imposant tant par sa taille que par la multitude des barreaux blancs qui habillaient les fenêtres du rez-de-chaussée. Le hall était déjà bondé en ce samedi matin. Tout le microcosme boulonnais y était représenté, des agents en uniforme, des gueules cassées de la nuit, des familles à l'air soucieux. Le commissariat est encore l'un des rares lieux qui offre une photo de la société dans sa diversité. Chacun, un jour, a dû y passer ou aura à s'y rendre. Diane tenta de sonder le pourquoi de leur venue ici, une fugue, un trouble du voisinage, une bagarre de soirée. Elle aimait s'entraîner à cultiver ce sens qui lui était précieux dans son métier. Pour défendre un client, encore fallait-il savoir l'observer, le déchiffrer, pour le comprendre avec la distance nécessaire de celui qui prend mais n'est pas partie au procès.

Peu après son arrivée, un officier de police judiciaire d'une quarantaine d'années aux traits tirés mais à la mine rieuse s'approcha de Diane. Au milieu de cette foule, il avait tout de suite démasqué l'avocate. Rapidement, il évoqua avec elle le chef d'accusation retenu contre sa cliente : « non-dénonciation de crime ».

On peut donc être condamné en France pour ne pas avoir dénoncé ? Surprenante infraction au regard des heures sombres de l'histoire française. Qui plus est, n'apprend-on pas au jeune enfant à ne pas désigner ses camarades sous peine d'être traité de « balance » ? On n'aurait pas pu faire ce reproche à Karine Lepretre qui, depuis son interpellation à 6 heures ce matin-là était restée muette.

Elle était de ces personnes à qui il était difficile de donner un âge tant elle avait été abîmée par la vie. De petite taille, corpulente, le sourire émaillé de trous, Karine semblait avoir vadrouillé. Avant d'engager la conversation avec elle, Diane prit connaissance des procès-verbaux mis à sa disposition pour se faire une première idée sur sa cliente :

– Quarante : années de vie à vaciller de foyers en types peu recommandables.

– Trois : nombre d'enfants, déjà placés.

– Un : viol déclaré et classé.

– Cinquante : nombre de films pour adultes tournés par Karine à la demande de son conjoint.

Après cette lecture, Diane tenta de nouer le contact avec elle. Rapprochées physiquement par la contiguïté d'une cellule, condamnées à passer les quarante-huit prochaines heures ensemble, il lui fallait pénétrer l'intimité de Karine sans rien dévoiler de la sienne.

Comme chaque fois, Diane en était troublée et excitée. Il lui semblait que son cœur pulsait au rythme des vibrations de son téléphone de garde. Un appel, un placement en détention, une audience de première comparution, une agression, un trafic, un viol, un meurtre, un coupable ou un innocent, en tout cas un inconnu à rencontrer et un nouveau défi à relever. Vingt-quatre, quarante-huit ou soixante-douze heures le temps d'une garde à vue ensemble pour le pire dans lequel elle devait donner le meilleur.

À de multiples reprises, Diane s'était excusée de quitter un rendez-vous, une fête de famille pour une permanence. Son entourage la plaignait de se priver de moments de repos pour aller travailler. Derrière ses justifications, Diane jubilait : comme elle aimait cette adrénaline de l'instant, que son quotidien soit percuté par l'imprévisibilité du comportement des autres ! Si bien que ce samedi matin, quand son téléphone avait sonné à 7 h 30 alors qu'elle était encore au lit avec Georges, elle n'avait pas hésité une seconde avant de partir, malgré les protestations de son mari.

« Tu pourrais laisser ce dossier à ton binôme, Diane. Ça fait plusieurs semaines que nous sommes privés de week-end.

– J'enchaîne les permanences pour te garder à vue à Noël. Profite de ta liberté tant que tu le peux encore. »

Georges avait souri, il savait qu'il était inutile de batailler et avait accepté de partager Diane avec son métier.

Le claquement violent d'une chaise dans le couloir du commissariat rompit le silence qui venait de s'installer dans la salle d'audition et sortit Diane et Karine de leurs pensées. Les deux femmes sourirent de leur sursaut simultané. Diane en profita pour rappeler ses droits à Karine, celui d'être assistée par un avocat, d'appeler une personne de confiance et enfin celui de se taire. Un rappel utile tant la volubilité soudaine de cette femme apparaissait comme une faille pour sa défense. Elle répondait à tout, y compris aux questions qui ne lui étaient pas posées, se répandait en détails sur ses rapports avec son conjoint, sa carrière locale de star de la pornographie. Tout convergeait vers un homme, son mari. Il était le metteur en scène des films et de la vie de Karine. Celui qui décidait avec qui elle couchait, quand et comment. S'il regardait ou participait. A contrario, Karine n'avait pas son mot à dire sur le choix des actrices. Quand Diane lui demanda si elle savait que son mari avait couché avec la voisine mineure et pourquoi elle ne l'avait pas dénoncé, Karine répondit :

« C'est vrai qu'il a couché avec Lili, mais c'est une "provoqueuse". C'est elle qui voulait. Je crois qu'elle avait envie d'être actrice aussi. Moi, j'étais un peu jalouse, parce qu'elle est plus jeune et elle est jolie. Il était pas question qu'elle prenne ma place. Mais après, elle a fait des histoires, elle a dit qu'elle ne voulait pas, qu'il l'avait forcée. Tout ça parce qu'il ne l'a pas choisie et qu'il est resté avec moi. C'est ça que je crois, maître. »

Les mots de Karine claquèrent au visage de Diane comme une gifle. Ils étaient le reflet du prosélytisme de son mari. Au cours des années, Karine avait fait sien son langage. Diane étudia sa cliente en cherchant une brèche propice à instaurer un véritable dialogue. Comment faire lorsque la vie ne vous donne pas le même lexique ? Lorsque Karine parlait d'une jeune voisine aguicheuse, Diane évoquait une mineure incapable d'exprimer valablement son consentement. Mais le terrain de la légalité ne semblait pas faire réagir son interlocutrice. À mesure que le temps passait, tandis que Diane se raidissait sur sa chaise. Karine, elle, s'affalait sans s'inquiéter de la peine de trois ans d'emprisonnement qu'elle encourait. Deux femmes dont la proximité physique était à l'opposé de leur éloignement. L'une, si sobre et pudique, dont chaque mot était mesuré, tandis que tout débordait chez l'autre, de ses vêtements trop serrés qui exhibaient ses rondeurs à sa sexualité débridée. Parler de sexe à une inconnue, diffuser ses ébats, coucher avec n'importe qui était une norme pour Karine. Son rapport à l'autre, aux hommes, se définissait par et au travers de la sexualité.

Le temps défilant, et l'entretien arrivant à son terme avant le premier interrogatoire, Diane se remobilisa pour tenter de bousculer sa cliente. À court d'arguments légaux, et bien qu'elle en eut horreur, Diane se plaça sur le terrain de la morale, seule issue pour limiter la sanction de Karine.

La justice a toujours adoré la rédemption.

« Karine, pensez-vous que Lili était heureuse d'avoir ce rapport filmé avec votre conjoint ?

– Ben oui, maître, c'est beau de poser nue comme ça et de faire partager ça aux autres. C'est flatteur… »

L'exhibition et le sexe faisaient partie de la vie de Karine depuis qu'elle avait onze ans. Alors forcément, pour elle, si à treize ans tu n'avais pas tourné de film porno, tu avais raté ta vie.

Un silence pesant s'abattit sur les deux femmes. Si seulement Karine avait été étrangère, Diane aurait pu, comme la loi l'y autorisait, solliciter un interprète, dont elle aurait eu bien besoin tant elle ne parlait pas le même langage que sa cliente. Qu'importe, elle aurait toute une nuit pour apprendre à comprendre Karine et la défendre.

L'officier de police judiciaire frappa à la porte et annonça le premier interrogatoire.

« Madame, organisez-vous régulièrement des soirées à caractère sexuel à votre domicile donnant lieu à la réalisation de films dits pornographiques amateurs ?

– Oui, depuis que je suis jeune, je fais souvent des films, j'invite des amis et j'aime qu'on me regarde.

– Madame, pouvez-vous me confirmer que les menottes, fouets et combinaisons trouvés à votre domicile vous appartiennent, ainsi qu'à votre compagnon ? »

Karine sourit.

« Oui. Comme toutes les femmes, j'ai mes petits gadgets. Hein, madame l'avocate, vous aussi vous avez des gadgets ! »

À cette réponse, l'officier de police judiciaire, hilare, se tourna vers Diane.

« Maître, des commentaires à faire ? »

Esquissant un sourire, Diane le fixa avant de lancer :

« J'assiste et j'écoute, monsieur l'officier, comme le prévoit la procédure. Je ne peux me substituer à ma cliente pour vous répondre. Il vous faudra donc faire preuve de patience, je ferai part de mes remarques éventuelles à l'issue de l'interrogatoire. »

Comme à son habitude, Diane se raccrochait à sa bouée, la procédure, toujours la procédure. Comme si les règles lui donnaient un code de conduite, un laissez-passer pour éviter de réfléchir, se mettre en danger. À l'inverse, Karine, qui n'avait aucun repère, semblait si libre. Elle paraissait pouvoir tout dire ou faire. Comme il était facile de la juger tant l'acte commis par son compagnon était horrible ! Diane elle-même avait ressenti un certain malaise au début de la garde à vue. Du dégoût vis-à-vis de sa cliente, qui avait refusé de protéger une autre femme, qui plus est une mineure. En acceptant de laisser de côté ses certitudes, et les prérequis de son éducation, Diane avait pourtant fini par la comprendre. À force d'être à disposition des hommes, Karine trouvait normal qu'on dispose du corps des autres. Mais cette femme au parcours de vie cabossé, qui l'avait protégée, elle ?

Les heures passant, Diane avait été touchée par sa naïveté. Karine était comme un pantin qui dansait entre les mains d'un autre. Diane avait accepté l'idée que sa cliente vivait dans une autre normalité. Elle ne se leurrait pas sur les vertus éducatives de son assistance mais s'était réjouie des regrets sincères exprimés par Karine à l'aube. Comprenant enfin qu'à treize ans on était une femme en devenir et que certains oui veulent dire non.

À la sortie du commissariat et avant de rentrer chez elle, secouée par cette garde à vue, Diane décida d'aller marcher sur la digue de Boulogne. Devant la fenêtre de l'aquarium Nausicaá qui donnait sur la mer, elle aperçut deux otaries en train de jouer. L'une plongea un long moment. Diane s'étonna de ne pas la voir remonter à la surface prendre sa respiration. Sous l'eau, sans air, dans cet espace restreint, elle semblait s'être acclimatée à ce milieu. Une vitre le séparait de la mer et d'une liberté qu'elle n'avait jamais connue. L'animal tournait en boucle dans sa cage, comme le cerveau de Diane toujours la même question : qu'allaient devenir ces femmes, Lili et Karine, celles qui avaient été privées de liberté sans même en avoir conscience ? Diane marchait sur un sol mouvant et manquait à présent d'air malgré le souffle frais du vent du nord. Elle qui aimait les réponses immédiates et les fins heureuses n'en trouvait aucune. Comme les vagues, ces femmes s'étaient échouées au hasard de la vie et des hommes qui les avaient foulées.

Chapitre 5

En prison, il n'y avait rien de plus sinistre que la période des fêtes. La mère de Laura était venue rendre visite au matricule C1304. Désormais, c'était ainsi qu'elle souhaitait se faire appeler. Un subtil dosage de chiffres et de lettres donnant à Laura la discrétion à laquelle elle aspirait. Il lui était de plus en plus difficile de voir son nom et celui de sa famille associés à un meurtre. Dans les barres de recherche Internet, la première suggestion qui apparaissait, c'était « Laura Deramcourt, meurtre ». Sa vie devait-elle se résumer à quelques mots-clés ?

Si à l'extérieur elle était tristement célèbre, l'enceinte du centre pénitentiaire de Bapaume lui offrait l'anonymat. Elle y était une parmi d'autres, personne ne se souciait de son nom, et encore moins de ses actes. En ces lieux, il y avait des choses dont on ne parlait pas. Laura se sentait intégrée à un collectif qui partageait les mêmes épreuves, les points de passage judiciaires, les mêmes murs, et respectait les mêmes horaires. Elle faisait partie de la communauté des exclus de la société.

Comme chaque semaine, sa mère lui rendait visite. C'était son lien avec le monde extérieur, son père n'avait pas la force de s'y rendre. Lui qui avait souvent éprouvé de la gêne à cause de son fils était dorénavant honteux à l'idée de parler de sa fille et de la voir. Il lui reprochait par son acte d'avoir tué tous les espoirs qu'il avait placés en elle.

En cette fin d'année, il lui avait fait passer une carte de vœux, preuve qu'il avait encore des choses à lui souhaiter mais qu'il fallait lui laisser du temps. La mère de Laura avait également un cadeau qu'elle lui remit en l'embrassant sur le front : « Voilà de quoi te réchauffer le cœur. »

Laura était intriguée par ce paquet souple d'un bleu étincelant. Elle prit le temps de le toucher, de le regarder avant de le déballer. Il était si rare, ici, de recevoir une attention particulière. Délicatement, elle ôta le ruban argenté et froissa le papier. Sous ses doigts, elle sentit de la laine, chaude et douce. Elle déplia devant elle un large pull de Noël, vert et rouge, avec un cerf au milieu. Il était ringard comme elle les aimait. Des larmes perlèrent au coin de ses yeux. Sa mère le savait bien, ce n'était pas un pull mais un objet à remonter le temps. Au contact du tissu, tous les souvenirs remontèrent à la surface, libérant un flot d'émotions anesthésiées par l'enceinte de la prison. Il n'est pas de mur assez haut pour les souvenirs.

En l'enfilant, Laura ferma les paupières. Elle les aperçut, avec leurs pulls kitsch, déambulant dans les allées du marché de Noël de Strasbourg. C'était une tradition familiale de s'y rendre chaque année afin de se procurer un santon pour la crèche. Ses sens étaient en ébullition, elle percevait l'odeur de la cannelle, le goût du pain d'épice, de l'orange et du vin chaud. Elle revit les chalets en bois devant lesquels défilaient des familles émerveillées. Et surtout ce regard, celui de Tom, happé par la multitude des couleurs et des lumières. Lui qui se sentait si petit devant la cathédrale de Strasbourg écarquillait ses grands yeux marron pour ne rien rater du spectacle. Tom avait fait promettre à sa mère de manger une flammekueche pour le déjeuner avant d'entamer une balade dans le quartier de la Petite France et d'arpenter les berges du Rhin. Plus tard, il s'était amusé à jouer au chevalier dans le château du Haut-Koenigsbourg. Un frisson parcourut le corps de Laura, qui eut le sentiment de revivre ces précieux instants, la fierté de Tom, un rapace posé sur l'épaule à la volerie des aigles, son sourire gourmand tandis qu'il dévorait un bretzel au marché de Noël de Colmar, la chaleur de sa petite main dans la sienne malgré la froideur de l'hiver alsacien. Tout cela était-il réel ? L'avait-il été un jour ?

Le seul repère que Laura avait dans la vie était justement le jour où la sienne avait pris fin : le 28 février 2013. Le soir où un agent de police s'était présenté à sa porte pour lui annoncer que son fils de six ans était décédé dans un accident de la route. Son père, le compagnon de Laura, avait foncé dans un arbre après s'être endormi au volant. Il présentait un taux d'alcool de deux grammes par litre de sang. Plus tard, il dirait à la police qu'il ne supportait pas la décision de Laura de le quitter et qu'il voulait en finir. Il y était parvenu, pas avec la sienne, mais avec celle de Laura et de son fils.

Chapitre 6

L'air était froid en cette après-midi de décembre à Boulogne-sur-Mer. Diane, emmitouflée dans sa grande écharpe de laine, soufflait dans ses mains pour les réchauffer en traversant le jardin éphémère qui trônait devant le palais de justice. Le contraste était saisissant entre le sérieux de ce monument ancien et la légèreté de cette touche de verdure et de poésie en plein centre-ville. Une création que la mairie renouvelait depuis huit ans. Cette année, l'espace était placé sous le thème des sept péchés capitaux en hommage à la peinture *La Roue des péchés* du peintre flamand Jérôme Bosch, qui invitait le visiteur à commencer sa déambulation vers cette roue pour découvrir le péché qu'il portait en lui. Pari osé que d'évoquer les péchés humains en étant installé sur la place de la Résistance et devant un bâtiment chargé de faire œuvre de justice.

Diane s'amusait de ce mélange des genres et pressa le pas pour se rendre à la salle d'audience de la deuxième chambre correctionnelle. À la lecture du rôle de l'après-midi, qui listait les affaires à plaider, la jeune femme afficha une mine contrariée. Huit dossiers dont trois d'aide à l'entrée et au séjour irréguliers, un trafic de stupéfiants, une agression sexuelle, un vol avec violence et son dossier de harcèlement. En raison de la présence des interprètes, le dossier des passeurs était le premier évoqué en audience. Raté, ce n'était pas aujourd'hui que Diane serait la première, ce qui l'agaça profondément.

Elle avait un rapport pathologique au temps, craignant sans cesse de le perdre ou qu'il passe trop vite. Heureuse quand elle en gagnait, terrifiée lorsqu'il ne s'écoulait pas comme prévu. Diane avait fait de sa vie un marathon, il lui importait d'arriver vite et avec les honneurs. Elle souffrait du syndrome de boulimie temporelle contre lequel elle avait rendu les armes.

Ce jour-là était une nouvelle leçon de patience pour Diane. Le temps s'étirait lentement au tribunal, l'audience était chargée et l'huissier lui faisait signe de patienter. Elle en profita pour prendre un café avec Brigitte, journaliste dans la presse quotidienne régionale. Cette femme de soixante ans, à l'allure joviale, était la mémoire du tribunal correctionnel de Boulogne-sur-Mer. Depuis trente ans, elle relatait les faits divers de la région. Elle était devenue le pouls de la juridiction tant ses prédictions en matière de condamnations et de peines étaient justes. Brigitte en avait usé, des stylos, et son dos, sur les bancs en bois de la salle d'audience. Diane voulait connaître son avis sur un article du *Monde* qu'elle venait de lire : « Pourquoi l'affaire Jacqueline Sauvage fait débat », cette femme de soixante-neuf ans libérée après une grâce totale de François Hollande.

Jacqueline Sauvage avait été condamnée le 28 octobre 2014 par la cour d'assises du Loiret à dix ans de réclusion pour le meurtre de son mari violent. Une décision confirmée le 1er décembre 2015 par la cour d'appel de Blois avant d'obtenir une grâce présidentielle totale le 28 décembre 2016.

Brigitte renchérit : « Elle a bien fait, il a eu ce qu'il mérite, contente qu'elle sorte. »

Diane était beaucoup plus mitigée :

« Je ne sais pas, Brigitte, on peut aussi penser que cette décision légitime le droit de se faire justice soi-même. Tantôt martyre, tantôt héroïne, j'ai le sentiment qu'on fait porter à Jacqueline Sauvage une cause qui la dépasse. Est-ce au politique de défaire ce que la justice a jugé ? Au regard du principe de séparation des pouvoirs, cela heurte mes convictions. Le rôle du politique n'est-il pas plutôt de protéger toutes les victimes ? Dans cette grâce, je vois un acte qui bénéficie à une personne mais qu'en est-il des autres victimes de violences ? Celles qui ne font pas parler d'elles ? Que fait-on pour les protéger et éviter de les placer, elles aussi, en situation de bourreaux ? »

Diane pensait à Laura Deramcourt, sa cliente qu'elle allait assister au mois de juin aux assises de Saint-Omer. Comme Jacqueline Sauvage, elle aussi avait tué son compagnon, mais nulle question de grâce puisqu'elle n'avait pas encore été jugée. Diane n'avait pas encore trouvé d'angle d'attaque pour préparer la défense. Elle était mal à l'aise avec l'idée de se faire justice soi-même tant elle tenait à l'institution pour laquelle elle œuvrait chaque jour.

« Tu réfléchis trop, Diane ! Tu me parles de grands principes de droit, moi je te parle avec mes tripes. Tu ferais mieux de te préparer, tu vas bientôt passer, et si j'étais toi, j'irais saluer notre nouveau procureur et lui parler de ton dossier avant qu'il soit évoqué. J'ai fait deux audiences avec lui cette semaine, c'est pas un commode, celui-là. Et c'est quoi, cette enveloppe que tu trimballes avec toi depuis ce matin ? »

Parler avec ses tripes, un luxe que Diane ne s'était jamais autorisé. Chaque mot qui franchissait ses lèvres était filtré par le checkpoint de son cerveau, le droit de passage étant réservé aux mots réfléchis, polis, à ceux qui brouillaient les pistes et rendaient illisible Diane Delaurel.

Chapitre 7

Après son café avec Brigitte, Diane jugea qu'elle avait assez patienté et décida de retourner dans la salle d'audience. Le troisième dossier d'aide à l'entrée et au séjour irréguliers était en train d'être évoqué par le président de la juridiction qui en faisait l'instruction. Diane alla donc saluer le procureur et évoquer son dossier de harcèlement. En sa qualité de partie civile, puisqu'elle allait prendre la parole avant lui, elle souhaitait connaître ses réquisitions, savoir s'il était convaincu de la culpabilité du prévenu, afin d'adapter sa plaidoirie et de prévenir sa cliente.

« Bonjour, monsieur le procureur, je suis maître Diane Delaurel, je...

– Silence, maître, je vérifie un point sur le dossier en cours, j'échangerai avec vous quand j'aurais terminé mon réquisitoire. »

Diane fut surprise par cette injonction inhabituelle d'un auxiliaire de justice. C'était la première fois qu'elle essuyait un tel affront de la part d'un magistrat. Interdite, elle l'observa. Sa silhouette longiligne et puissante, ses cheveux bruns mi-longs avec une mèche tombant sur de grands yeux bleus et son ton révolté lui donnaient l'allure d'un héros romantique. De par son charisme et son allure surannée, César Ost incarnait la loi qu'il représentait. La quarantaine assurée, il maniait avec habileté les subtilités du Code pénal et assumait sans ciller son rôle de « méchant ». Il n'était en effet pas rare dans cette salle correctionnelle d'entendre les spectateurs souligner la dureté de l'accusation plus que celle de l'auteur de l'infraction. C'était oublier que le procureur était en charge de représenter l'intérêt général et de trouver une sanction venant réparer le trouble à l'ordre public causé par le mis en cause.

À en croire sa première rencontre avec Diane, César Ost avait l'air bien plus à l'aise avec ses articles de loi qu'avec les relations humaines. Diane l'écouta attentivement faire son réquisitoire. Avec emphase, il rappelait les grands principes, l'importance de la lutte contre les passeurs, ces fossoyeurs de l'espoir qui sillonnaient les plages de la Côte d'Opale. Il voulait convaincre, se montrait déterminé, presque emporté. Après en avoir terminé, il adressa un vague hochement de tête dans la direction de Diane, lui faisant comprendre qu'elle était enfin autorisée à lui parler. César imposait le tempo et les autres devaient être disposés à le suivre. Perdue dans ses rêveries, Diane l'imaginait à la tête d'une légion romaine, arc-bouté sur son cheval, hurlant sur ses troupes pour conserver son pouvoir. La mine rieuse, elle s'approcha de son bureau avec la ferme intention de renverser le rapport de force qu'il avait instauré. César l'intercepta avant même qu'elle ne prenne la parole.

« Vous êtes en colère ? Vous n'aimez pas ça, vous, les avocats, qu'on vous impose le silence, n'est-ce pas ?

– Quelle capacité avez-vous, monsieur le procureur, à cerner les gens en un temps si bref et à faire une généralité ? Voyez-vous, il paraît que les gens pétris de certitudes sont autoritaires pour combler un manque de confiance en eux. Alors, je vous rassure, j'ai confiance en votre autorité, votre analyse de la loi et je me tourne vers vous pour obtenir votre soutien dans la défense de Sandrine Malte, que je représente aujourd'hui. »

Le procureur leva le nez de son Code pénal et la toisa plus longtemps qu'il ne l'aurait fallu.

« Vous êtes insolente, maître Delaurel, mais efficace. »

Il esquissa un petit sourire du coin des lèvres tandis que ses yeux se plissaient légèrement.

« J'ai déjà pris connaissance de votre dossier. Évidemment, je compte solliciter la condamnation de Thierry Ray. Vous pouvez donc assurer votre cliente de mon soutien.

– Parfait, monsieur le procureur, je n'en attendais pas moins. »

Il est vrai qu'à cette audience Diane et César étaient dans le même camp, celui de la victime et de la société, leurs intérêts étaient convergents et leurs plaidoiries complémentaires, chacun cherchant à obtenir réparation, l'un pour la société, l'autre pour la victime. Mais cet échange avait piqué leur curiosité.

« Maître, une dernière chose. J'ai hâte de vous retrouver de l'autre côté de la barre, celui des prévenus, afin que nous engagions un duel prometteur.

– Monsieur le procureur, sachez que je n'engage aucun duel, je les gagne. »

Puis elle tourna brusquement les talons après avoir pris soin de lui retourner le petit sourire équivoque qu'il s'était permis. En prenant congé, elle ne s'aperçut pas qu'une enveloppe avait glissé de son dossier et que César Ost s'en était saisi.

Chapitre 8

Sandrine Malte était agitée, elle n'avait pas réussi à fermer l'œil de la nuit. Sur cette route qu'elle empruntait régulièrement pour se rendre à Boulogne, elle avait dû s'arrêter plusieurs fois, secouée de tremblements et de pleurs.

Sandrine était une belle femme de quarante-cinq ans, mariée, maman d'un adolescent, médecin généraliste. Tout pour être heureuse, sauf l'essentiel, la liberté de vivre sans peur. Cette crainte permanente de le voir, le croiser, l'entendre. Avec toujours les mêmes questions : à quoi aurait-elle droit, aujourd'hui ? Jusqu'où irait-il ?

Lui, c'était Thierry Ray, un homme qui avait jeté son dévolu sur Sandrine. Depuis deux ans, il la suivait à son travail, lorsqu'elle déposait son fils au collège, quand elle allait faire ses courses, se promenait. Son plaisir c'était de la haranguer à grands cris devant les passants. Impossible pour

Sandrine de lui échapper dans la petite ville d'Étaples. Comment l'aurait-elle pu ? Thierry connaissait tout d'elle, ses habitudes, ses lieux de vie. Malgré sa convocation en justice et l'approche de l'audience, la veille encore il l'avait interpellée à l'entrée de son cabinet médical.

« Vous savez que Sandrine, ça rime avec pine ? Et, croyez-moi, elle adore ça. »

Elle avait baissé les yeux sans répliquer. Comme chaque matin, la gorge nouée, les yeux embués, elle était entrée dans sa salle de consultation, feignant de ne pas voir les regards interrogatifs des patients et des salariés, aucun d'entre eux n'ayant d'ailleurs pris la peine de lui demander si elle avait besoin d'aide, ou de faire taire Thierry Ray. Ce dernier avait l'art de mettre en scène ses interventions, avec la touche de vulgarité suffisante pour capter l'attention de son public. Depuis que Thierry avait commencé à la harceler, elle n'aspirait plus qu'à l'anonymat et avait même envisagé de disparaître.

Elle percevait bien ce que pensaient les autres, les patients, ses collègues et ses proches. Ce fameux « il n'y a pas de fumée sans feu ». Sandrine elle-même avait fini par poser des questions. Qu'est ce qui avait pu déclencher cet incendie ? Avait-elle eu raison de venir en aide à Thierry lorsqu'il l'avait sollicitée ? Elle avait été touchée par l'histoire de cet homme en fauteuil roulant dont la vie avait basculé à la suite d'un accident de la route. Il avait perdu ses jambes, son travail, sa famille. Thierry lui avait demandé d'être son médecin traitant, ce qu'elle avait accepté, ne ménageant ni son temps ni ses efforts pour l'accompagner dans un protocole de rééducation mis en place par l'hôpital de Berck. Thierry avait alors confondu bienveillance et avances, transformant sa bienfaitrice en proie.

Depuis, Sandrine bataillait, de mains courantes en plaintes, dans l'espoir que la Justice fasse cesser l'injustice. Mais le temps passait, l'omniprésence de Thierry tranchait avec l'absence de réponse judiciaire. Finalement, au bout de deux ans, sept cent cinquante appels de menaces ou d'avances, quinze plaintes, ils étaient enfin réunis devant le tribunal. Diane tenta de rassurer Sandrine, dont la nervosité croissait à mesure que Thierry s'approchait de la barre. Ce dernier était aussi détendu et souriant qu'elle était livide et rigide. Comme si c'était elle qu'on allait juger.

« Maître, j'ai peur, pensez-vous que l'on va me croire ? J'avais préparé ce que je voulais dire mais j'ai tout oublié. Quand je le regarde, les mots s'emmêlent dans ma tête et je crains d'être dépassée par mes émotions.

– Sandrine, vous êtes victime, pas coupable. L'enquête démontre que vous avez été harcelée par Thierry Ray. Je le sais, le procureur aussi et bientôt vous entendrez la juridiction le dire. Vous n'êtes pas obligée de parler si vous n'en avez pas la force. Je ferai miens vos mots même si je sais que vous êtes capable de le faire. »

Ainsi, Diane plaida pour Sandrine, égrenant les actes de Thierry Ray et leurs répercussions sur la vie et la santé de sa cliente. Forte d'entendre ce récit, Sandrine prit conscience de son calvaire et de sa qualité de victime, si bien qu'elle décida de s'exprimer à la fin de la plaidoirie de son avocate.

« Madame la présidente, jusqu'à aujourd'hui, j'ai eu honte souvent. Je me demandais ce que j'avais fait pour être harcelée ainsi. Et je me disais qu'il ne fallait pas faire une histoire de "toutes ces petites blagues" de M. Ray, comme il dit. Si vous saviez comme j'en ai souffert et comme je m'en voulais de ne pas être capable de passer au-dessus ! Qui le pourrait ? Si je n'y suis parvenue, je pense que ce sera pareil pour d'autres. Je vous le demande, madame la juge, faites-le taire, pour qu'il ne s'en prenne pas à de nouvelles personnes. Je m'exprime sûrement mal mais, du fond du cœur, je crois qu'il n'y a que ça qui pourra me rendre le sommeil. »

Diane observa Sandrine avec admiration. Elle avait réussi à prendre la parole dans cette salle pleine, et en présence de son agresseur. Une première étape vers la reconstruction. Son regard se tourna vers César, qui se leva pour procéder à ses réquisitions, qui furent à la hauteur de sa promesse. Eu égard aux antécédents judiciaires de Thierry Ray, qui n'avait plus un casier mais une valise judiciaire, il réclama une peine d'emprisonnement ferme. Après tout, lui ne s'était pas gêné depuis deux ans pour enfermer et isoler Sandrine. Sans surprise, ce multirécidiviste fut condamné à une peine d'un an d'emprisonnement, avec la révocation du sursis dont il bénéficiait pour une ancienne condamnation, et à trois mille euros de dommages et intérêts à verser à sa victime. Menotté et sous bonne garde, avant de quitter la salle, il adressa néanmoins un dernier mot à Sandrine : « À bientôt. »

En larmes, face à l'épilogue de deux ans de souffrance, Sandrine tomba dans les bras de son avocate et lui révéla l'ambivalence de ses sentiments mêlant le soulagement à la culpabilité. Elle alla jusqu'à avouer à Diane qu'il était temps que le tribunal l'entende et réagisse, sinon elle aurait fini par se faire justice elle-même.

« Vous faites référence à vos cauchemars, Sandrine, ceux dans lesquels vous écrasiez Thierry ?

– J'ai commencé à m'en vouloir lorsque ces cauchemars sont devenus des rêves. Lorsque j'ai compris que j'espérais être prête à tout pour ne plus subir son harcèlement. Je vais pouvoir redevenir une femme qui rêve de soigner, non de tuer. »

Comme chaque fois, l'émotion des au revoir était palpable. Le destin avait fait entrer Diane dans la vie de Sandrine, son intimité, ses peines, ses angoisses. Durant des mois, Diane l'avait écoutée, conseillée, épaulée, rassurée et finalement défendue. Pourtant, même si Sandrine semblait soulagée, Diane n'était que partiellement satisfaite de cette décision. Certes Thierry Ray avait été condamné à de la prison et à verser des dommages et intérêts, mais était-ce suffisant ? Diane tenta de ranger ses affaires en même temps que ses pensées. La justice était-elle légitime à mettre un prix sur la souffrance des victimes ? Selon la statistique, un viol c'était en moyenne neuf ans d'emprisonnement et 14 500 euros de dommages et intérêts. Qui avait d'ailleurs eu l'idée de prévoir le versement d'une somme d'argent à la victime d'un rapport sexuel non consenti ? Cela aurait prêté à sourire si ce n'était pas aussi pathétique. Si l'on considérait qu'en 2016 il y avait eu près de mille cinq cents condamnations pour viol, le coût de la violence sexuelle sur une année serait donc de 21 750 000 euros. Les chiffres donnèrent le vertige à Diane.

Songeuse, Diane n'avait pas remarqué que la salle s'était vidée autour d'elle à l'exception de César Ost qui la fixait avec ce même petit rictus amusé. D'une voix qui se voulait solennelle, il l'interpella :

« Maître Delaurel, je crois que j'ai en ma possession quelque chose qui vous appartient. »

Il lui tendit l'enveloppe qu'elle avait égarée.

« Un procureur voleur, la chancellerie innove en matière de recrutement.

– Un avocat de mauvaise foi, rien de neuf au barreau. Alors, je vous la rends, ou j'attends votre assignation ? »

Au moment de la lui donner, il retint l'enveloppe un instant de trop. Diane aurait pu sentir ce courant passer entre leurs mains si l'air n'avait pas déjà été saturé d'électricité.

De retour au cabinet, enfin seule, Diane ouvrit l'enveloppe.

« Bonjour, Maître,

P'tit mot d'une fille qui va bien, pour tester le carnet que vous m'avez offert. Juste pour vous dire bonnes fêtes. Je sais que cette année, le Père Noël m'apporte un procès dans sa hotte. Alors, soyez raisonnable pendant les fêtes pour être en forme avec moi en janvier. Vivement que tout ça se termine, et promettez-moi qu'après on se la fait, notre journée entre filles.

P.-S. : Y a pas que les procès dans la vie :)

Jeanne »

Elle ne l'avait pas oubliée, et elle allait bien.

Diane rangea le petit mot dans le tiroir fétiche de son bureau, où elle conservait les bribes des moments importants de sa carrière. Autant de photos, d'articles de presse, de mots qui faisaient revivre des histoires. Toutes celles qui l'avaient profondément touchée sans jamais qu'elle en fasse état auprès des autres. À chaque instant de doute, de révolte, ce tiroir était son réconfort. Le sourire aux lèvres, elle le referma, se répétant les mots de Jeanne : « Y a pas que les procès dans la vie. »

Chapitre 9

Avant de clore l'année 2016, Diane devait se rendre au centre de détention de Bapaume pour échanger avec sa cliente, Laura Deramcourt. Elle se gara devant un bâtiment massif surplombé de barbelés sur lequel s'alignaient une multitude de lucarnes à barreaux et quatre grandes fenêtres vertes. Diane se demanda si le choix de la couleur verte était intentionnel. Ultime tentative d'inspirer l'espoir à l'entrée d'un édifice qui incarnait la désolation ? C'était particulièrement marquant en cette journée pluvieuse, où l'on apercevait çà et là des coulées d'eau sur les imposants murs de béton. Diane ne put s'empêcher de frissonner en s'approchant. Il lui était toujours difficile de pénétrer en prison, comme si les portes se fermaient sur sa propre liberté. De contrôles d'identité en sas de sécurité, l'horizon se limitait à des murs et des barreaux. Elle appelait ce lieu le Monstre gris.

Celui qui la dévorait dès qu'elle franchissait le pas de son antre. Ce dégradé de couleurs sombres du sol au plafond qui biaise sa perception. Cette odeur de sueur et pomme de terre frelatée qui prend à la gorge. Ces portes lourdes qui isolent du monde extérieur. Trois, c'est le nombre de contrôles de sécurité à passer pour entrer dans les entrailles de la bête. Cette cacophonie ambiante qui ne parvient pas à masquer la tristesse du lieu. Comme dans une fourmilière, ça s'agite dans un mouvement ordonné. Tout est déjà calé : les temps de cellule, d'activité, de parloir. Ça grouille et ça bourdonne à en donner le vertige. Chaque fois, Diane avait envie de hurler lorsqu'elle entendait à la télévision des journalistes interpeller les politiques sur la prison.

« De vous à moi, monsieur le ministre, la prison c'est un peu le Club Med, non ? Vous êtes nourri, logé, blanchi… »

Comment pouvait-on prononcer des aberrations pareilles ? On devrait organiser des visites en centre pénitentiaire pour faire cesser la démagogie. Diane pensa à la prison de Loos, fermée en 2011 pour vétusté, ce lieu dans lequel se trouvait une ancienne abbaye du XIIe siècle étonnamment reconvertie en établissement carcéral, qui avait accueilli des prisonniers de 1817 à 2011. Un lieu chargé d'histoire, occupé pendant la guerre par les Allemands, et depuis lequel 871 Nordistes emprisonnés furent déportés deux jours avant la libération de Lille vers les camps de concentration nazis.

Pourquoi ne pas y accueillir du public, des élèves et a minima des aspirants à la magistrature pour montrer la réalité des conditions carcérales et leur permettre de comprendre l'enfermement, la promiscuité imposée, l'intimité balayée, le manque de dignité ? Dans ce lieu où règne désormais le silence, les murs portent la voix des prisonniers. Les trous dans la pierre, les dessins à la craie, les objets abandonnés, les courants d'air d'une vieille bâtisse, tout prête à réfléchir. Pour un chien de plus de vingt kilos, la taille de la cage dans un refuge doit être au minimum de cinq mètres carrés. Ajoutez six mètres carrés, et la cellule abritera deux personnes. Après tout, il paraît que l'homme est un animal comme les autres. Pas étonnant que les statistiques de la réinsertion soient en corrélation avec la dimension de la cage.

Si l'on s'intéresse à la démarche du *care* portée par la philosophe et psychanalyste Cynthia Fleury et l'architecte Éric de Thoisy, l'architecture d'un bâtiment, son emplacement, sa disposition affectent le corps humain en le guérissant ou en lui nuisant. Il s'agit de repenser les espaces du commun, de l'intime, la vue, la visibilité de la fenêtre, la lumière et la place de la nature dans les lieux de vie. Que dire de tous ces essentiels en prison ? Des bâtiments construits pour enfermer ceux qui se sont égarés et dont les reliefs ne font qu'accentuer les vulnérabilités qui ont pu les conduire là. Dans ces conditions, comment réussir à en sortir et s'en sortir ?

Diane allait y pénétrer au moment où une sonnerie retentit. Un message d'un numéro inconnu s'afficha sur l'écran de son téléphone.

« Belle plaidoirie, maître. Constance, détermination, élégance. Gageons que vous soyez aussi assurée lors de la défense de Mme Deramcourt, qui signera donc ce duel tant attendu. Je tenais à vous en aviser. N'y voyez aucune forme d'intimidation. Même si nul doute que, consciente de l'enjeu, vous allez dorénavant vous mettre la pression. À celle qui gagne tous ses duels (ou pas) ! Au plaisir d'une rencontre prochaine au palais. Je suis à votre disposition si vous souhaitez échanger… sur ce dossier.

César Ost »

Il avait fait preuve de ténacité et d'une pointe d'arrogance que Diane trouvait séduisante. Si elle avait su comme César était pourtant fébrile en envoyant ce texto, lui qui avait erré des heures dans le palais de justice pour trouver le numéro de portable de Diane, pesant chaque mot comme un louis d'or à la valeur inestimable. Pour une raison qu'il ne s'expliquait pas, il avait éprouvé le besoin d'entrer en contact avec elle. Depuis leur rencontre, ce grand gaillard assuré se comportait comme un jeune débutant adolescent. De tout cela, Diane ne savait rien. Elle le trouvait joueur et elle aimait cela. Avant de pénétrer dans l'enceinte de la prison, elle pianota sur son téléphone :

« Mon cher César,

En mains votre sms qui n'a cessé de me surprendre. J'ignorais qu'en sus de votre casquette de représentant de la loi, vous étiez également juge des avocats, capable d'évaluer leur aptitude à exercer leur profession. Je vous remercie pour le récit détaillé de mes compétences en matière de plaidoirie. Lors de votre prochain réquisitoire, je ne manquerai pas de vous faire part de votre note. Nul doute que vous pourriez participer à l'émission *Un procureur presque parfait*. Peut-être y auriez-vous vos chances, certainement plus que lors du procès Deramcourt, où je compte bien restaurer la liberté et la dignité de ma cliente. Nous en reparlerons d'ici là (ou pas)… »

Chapitre 10

Une fois n'est pas coutume, le sourire de Diane illumina l'entrée du Monstre gris. Le claquement de la porte et la voix du gardien mirent un terme à ses vagabondages. « Maître, vous pouvez vous installer, votre cliente arrive. » La sonnerie du téléphone de Diane retentit à nouveau :

« Parlons-en, alors… César »

En cet instant précis, c'était avec Laura que Diane comptait échanger. Elle espérait de ce huitième rendez-vous une rencontre tant elle avait le sentiment jusqu'à présent de s'être contentée d'effleurer Laura. Elle avait été désignée il y a deux ans par le bureau d'aide juridictionnelle pour assister Laura Deramcourt dans son procès d'assises fixé au mois de juin. Laura n'avait à l'époque pas d'avocat, faute de moyens mais surtout d'envie. Elle avait décidé de se défendre seule, autrement dit d'organiser son suicide judiciaire. Mais les suppliques quotidiennes de

Claire, sa codétenue, et de sa mère eurent raison de sa non-détermination. Elle accepta d'être représentée. C'est ainsi qu'avait eu lieu le premier rendez-vous entre les deux femmes, au début de l'année 2016, au centre de détention de Bapaume. Le silence les avait unies là où la parole les séparait. Comment raconter sa vie à une inconnue ? Contrairement au prêtre qui a le pouvoir de pardonner celui qui se confesse, l'avocat devait garder ses révélations sous le sceau du secret professionnel tout autant qu'il est tenu de contribuer à la réalisation de la justice.

Diane savait qu'il allait lui falloir assister une meurtrière. Elle n'était pas effrayée par le fait de représenter le « côté obscur », comme elle pouvait l'entendre si souvent. Au contraire, elle trouvait facile de défendre des coupables, car l'enjeu se limitait à réduire une peine ou à obtenir pour les plus chanceux une relaxe en suscitant le doute – celui qui « profite à l'accusé ». Diane aimait débusquer les erreurs de procédure, les incohérences des dossiers d'instruction, questionner les magistrats. Elle avait accepté l'idée de faire acquitter des coupables, prix à payer pour obtenir aussi la libération d'innocents.

En rencontrant Laura la première fois, Diane ne s'était fait aucune illusion. Elle avait en face d'elle une femme résignée, rongée par la culpabilité. Diane en était agacée tant il lui semblait qu'il n'y avait ni enjeu ni attente de sa cliente. Elle était mal à l'aise avec l'attitude de Laura et peinait à aider quelqu'un qui ne souhaitait visiblement pas s'en sortir. Pourtant l'intuition de Diane la poussait à persévérer, à ne pas se complaire dans la facilité en plaidant le drame ordinaire, l'erreur de parcours. Elle en avait entendu, des mélodies de justice, mais celle-là sonnait faux. Diane sentait qu'il y avait quelque chose de plus complexe dans la personnalité de Laura et dans son couple avec David Ramet. À ce stade, ce n'était pas une conviction mais une simple intuition qu'elle allait devoir creuser pour l'étayer. Jusqu'à présent, elle n'y était pas parvenue, faute de réussir à cerner réellement Laura Deramcourt, cette dernière se contentant à chacun de leurs rendez-vous de répéter toujours le même refrain, des paroles dictées par les remords.

Pour le moment, Diane avait appris à la connaître à travers le dossier d'instruction. Elle avait passé des heures à décortiquer les faits dont elle avait saisi la gravité, mais elle butait toujours sur l'énigme Laura Deramcourt/David Ramet. Quoi qu'elle lise – le sang, le couteau, les aveux –, elle revenait systématiquement à la même conclusion : cette femme n'avait pas le profil d'une meurtrière. Si tant est qu'un tel profil existe. Laura n'était pas de ces méticuleux du crime, ces enragés de la gâchette, ces jaloux maladifs que Diane avait pu côtoyer. Elle n'entrait dans aucune case, ce qui la rendait encore plus intéressante aux yeux de son avocate. À la façon d'un tableau de Picasso, Diane tentait d'esquisser son portait. Pourquoi cette femme ordinaire, sensible, insérée socialement, était-elle passée à l'acte ?

Le temps avançant, Diane était nerveuse à l'idée d'assurer sa défense, mais aussi celle de Jeanne. Une charge émotionnelle particulière pesait sur elle pour ces deux audiences. Là où certains prêtaient à Diane une agilité intellectuelle à se placer tantôt du côté de l'accusé, tantôt de celui de la victime, elle voyait un lien invisible entre ces histoires de filles, de femmes, de souffrances : des corps dépossédés, des destins ébranlés par des hommes aimés.

En cela, parfois, Diane se sentait une certaine proximité avec Laura. Elle s'estimait chanceuse de n'avoir pas subi les mêmes épreuves, même s'il lui était évident qu'elle aussi avait construit sa vie en réaction à un homme, son père, et à la relation toxique qu'il avait tissée avec sa mère. Diane avait détesté ses absences, ses mensonges et le prix qu'il mettait pour se racheter. Comme elle s'était sentie seule sans lui. Elle était pourtant admirative de cet homme qui avait réussi professionnellement en créant son entreprise.

Il lui avait offert tout ce dont peut rêver une petite fille : une maison confortable à Lille, une bonne école, tous les cadeaux qu'elle réclamait. Les rares fois où il la déposait à l'école dans sa belle voiture, elle était fière d'être à ses côtés. Quand il était là, il était gentil, il l'emmenait au restaurant avec ses amies, faisait des blagues, jouait avec elles. Comme elle aurait aimé ne pas avoir à compter sur les doigts de ses deux mains ces rares moments.

Diane en voulait à son père, mais il la désarmait par son sourire enjôleur, ses promesses et sa joie de vivre. Invariablement elle lui pardonnait tout, avant de le détester à nouveau. Elle avait le sentiment d'être comme sa mère, de retomber à chaque fois dans le piège. À cause de lui, elle avait été en proie à des conflits de loyauté et avait vite appris à mentir pour défendre alternativement chacun de ses parents. Mais elle, du haut de ses dix ans, qui l'avait protégée ou écoutée ?

Il lui arrivait de se demander si elle était un fil qui les reliait ou les attachait l'un à l'autre. Elle se disait que, sans elle, ils seraient séparés mais heureux. Il était si difficile pour Diane de voir son père rayonner et sa mère dépérir. Cette belle femme, cultivée, ouverte d'esprit, sensible, dont la lumière s'éteignait un peu plus à chaque tromperie. Aurait-elle pu, elle aussi, tuer son époux ?

Cette interrogation soudaine frappa Diane. Jamais elle ne s'était posé la question auparavant. Pourtant, elle avait de nombreuses fois entendu sa mère prononcer ces mots : « c'est lui ou moi », « j'aurai sa peau autant que je l'ai dans la mienne » ?

Diane se rappela les pulsions de violence que sa mère dirigeait contre elle-même ou son père. Combien de fois avait-elle été contrainte d'appeler les secours ? Pas de doute, dans son foyer aussi, ça aurait pu déraper. En cela, elle comprenait la situation de Laura, même si sur le papier tout avait l'air de les séparer. Diane était issue d'un milieu favorisé quand Laura avait lutté pour s'en sortir. L'une était aussi extravertie et combative que l'autre était devenue indifférente et résignée. Cependant, il semblait à Diane que Laura ne l'avait pas toujours été. Comme elle, Laura avait tout eu : un enfant, un conjoint, un métier qu'elle aimait. L'ombre de la mort avait fait basculer cette vie parfaite. De la réussite à la déchéance, comme le disaient les gens normaux. Mais qu'est-ce que la normalité, si ce n'est suivre un chemin sans détour ? Une route dont la rectitude apporte la sécurité à celui qui l'emprunte, lui octroyant le droit de juger ceux qui se perdent. Fragilité de tous ces édifices que l'on construit, derrière lesquels on se pense à l'abri.

Le vent de la Côte d'Opale avait ébranlé le château de cartes de Laura. Jamais elle n'avait accepté le décès de son fils. Comment l'aurait-elle pu ? L'alcool qui lui avait coûté la vie était par la suite devenu son seul remède. C'était d'ailleurs grâce à lui, au coin d'un bar, qu'elle avait rencontré David. Il lui avait proposé de trinquer à son licenciement. Sensible à son histoire, Laura lui avait offert une cigarette. Après quelques verres, ils avaient fait une leur indignation. La souffrance était le point commun de ces deux âmes. Elle allait en devenir le point final, lorsque le corps de David serait retrouvé inanimé dans leur appartement de Stella, un jour d'automne 2015.

Chapitre 11

Diane put entendre le claquement nonchalant des pas de Laura dans le couloir. Elle la vit s'asseoir en face d'elle, l'air résigné, inconsciente du caractère précieux de ces échanges pour la préparation de sa défense. Jusqu'à présent Diane avait accepté d'aller dans le sens de Laura, mais ce jour-là elle avait décidé de changer de stratégie. Elle n'agirait plus avec Laura, mais contre elle. Il fallait choquer son électrocardiogramme plat et la sortir d'elle-même.

Jamais Laura ne parlait d'elle. Pas un « je » dans son récit. Elle ne se racontait qu'au pluriel – elle et sa famille, son fils, elle et David. Définissant sa vie par son extériorité. Aussi, quand elle croisa son regard, Diane décida immédiatement de pousser Laura dans ses retranchements :

« Et vous, Laura ?

– Je vous ai déjà tout dit, maître.

– Vous m'avez raconté les faits, oui, mais je ne suis pas un enquêteur. J'ai besoin de vous comprendre pour vous assister. Qui êtes-vous ? Qu'aimez-vous ? Quels étaient vos rêves, enfant ? Avez-vous des perspectives d'avenir ? »

Autant d'interrogations inhabituelles pour Laura qui peinait à se rappeler quand, ou plutôt si, un jour, on lui avait posé ce type de questions. Elle ne se portait pas assez d'intérêt pour en susciter chez les autres.

« Ce que je peux vous dire, c'est que ce n'est pas comme ça que je voyais ma vie. Non pas que j'avais de grandes ambitions. Mais j'imaginais quelque chose de simple : une famille, un toit, un travail. Passer de bons moments avec mes enfants à la plage autour d'une pêche à la crevette, les emmener à la fête foraine, et puis aider les gens grâce à mon boulot. La vie simplement. »

La complexité de l'existence, voilà le drame auquel Laura avait été confrontée. Ses routes sinueuses, ses détours qui embrument l'âme et brouillent les perspectives. Elle avait lutté avec les armes qui étaient les siennes. Pour Laura le couteau, pour Diane les livres et les stylos.

« Je n'ai jamais cru que je me retrouverais là. Chaque jour je me refais le film. J'essaye de voir où le train a déraillé et comment j'aurais pu éviter tout ça. Je me dis que je préférerais être morte. Ce serait moins douloureux. Enfin, je crois. Pour les autres et pour moi. David serait en vie, sa famille serait heureuse. Et moi, de toute façon, je n'avais plus rien à perdre. Je n'avais plus mon fils, mon seul bonheur sur cette terre. Mon corps ressemblait déjà à un champ de bataille après une défaite. » Je sais que c'est facile de dire ça quand on est en vie, et c'est lâche aussi. Alors, je m'accroche. J'essaye de garder un peu de dignité en me disant que la moindre des choses à faire maintenant, c'est de me présenter à ce procès. Par respect pour la famille de David. Ils ont droit de savoir, eux aussi. De comprendre comment on en est arrivés là. Enfin, "on", je ne sais pas, mais moi. Il faut que j'entende ce qu'ils ont à me dire et que je m'excuse. En espérant que ça puisse leur apporter un peu de paix. Après tout, ils n'ont rien fait, eux. »

Laura se livrait enfin.

« Comment on en est arrivés là. C'est la première fois que vous utilisez cette expression. D'habitude, vous dites toujours, "je l'ai tué". Je trouve ça extrêmement intéressant, car cela veut dire que vous n'en êtes pas arrivée là seule. Vous le comprenez ?

– C'est quand même moi qui tenais le couteau…

– Oui, mais si David ne vous avait pas violentée tant de fois, si vous n'aviez pas eu peur, si vous aviez eu une relation de couple normale, peut-être que ce couteau aurait conservé son usage habituel : la cuisine. J'aimerais vraiment qu'avant le procès vous réfléchissiez à ça et que vous en preniez conscience. Vous n'êtes pas née meurtrière. »

Laura releva la tête pour regarder Diane.

« Mais pas dans une rose non plus. »

Les deux femmes se mirent à rire. La vie de Laura n'était certes pas rose, mais à cet instant elle n'était pas complètement noire.

Chapitre 12

Les vacances judiciaires sonnèrent le commencement de celles de Diane. Elle angoissait déjà à l'idée de s'ennuyer, ne se sentant épanouie que dans le tumulte d'une salle d'audience.

Ses craintes se dissipèrent au rythme de ses échanges avec César. Chaque message aiguisait une curiosité réciproque et sans limites. Le goût de la découverte était savoureux et excitant. Eux qui étaient jusqu'alors étrangers aux jeux de la séduction se plaisaient dans cette correspondance lourde de sous-entendus. C'était à celui qui en dévoilerait le plus, ou le moins. Tels Elizabeth Bennet et M. Darcy dans *Orgueil et Préjugés* de Jane Austen, ils avaient la culture de la joute et l'amour des bons mots. La sonnerie de leur téléphone était devenue une mélodie précieuse qui symbolisait l'attente exquise. Elle les prenait au dépourvu à un moment où ils ne s'y attendaient pas, les faisait sourire sans raison au milieu de la foule.

Pour la première fois, Diane et César se laissaient emporter par quelque chose qui les dépassait. César s'étonnait de sa fougue et de son imprudence, lui dont la tempérance et la raison guidaient les actions. Ce fils de hauts fonctionnaires avait un destin tout tracé. Il était conditionné depuis son enfance à prendre des responsabilités. Sans surprise, il était sorti major du concours de la magistrature, puis il avait rencontré sa femme Charlotte à la faculté de droit et l'avait aidée à obtenir son diplôme de notaire tandis qu'elle était enceinte de leur premier enfant. Ils avaient alors hâté leur union, devenant dans le même temps diplômés et mariés. Seule ombre au tableau pour sa famille, il avait choisi d'être procureur là où son père lui conseillait d'être magistrat du siège, moyen plus rapide, selon lui, de progresser dans la hiérarchie. En faisant ce choix, c'est la seule fois de sa vie que César lui avait tenu tête, et il en tirait une certaine satisfaction.

Le tribunal judiciaire de Boulogne-sur-Mer était sa dernière affectation, il en assumait la vice-présidence. En dix ans, il avait déménagé trois fois au gré de ses affectations. Cela le laissait indifférent, il ne s'attachait ni aux lieux ni aux gens, consacrant sa vie et son temps à son travail et à ses enfants. Nulle part il ne s'était senti réellement chez lui. Au fil des années, sa famille était devenue son refuge contre lui-même. César fuyait la solitude qui lui renvoyait son incomplétude, conscient qu'il manquait quelque chose à sa vie, mais résolu à ne pas y songer. Il posait pas à pas les briques de sa réussite : des études, une ascension dans la magistrature et un foyer. Garder le cap, c'était garder la tête hors de l'eau. César sentait au fond de lui qu'un jour il pourrait vriller. Alors, il se refusait à sortir des sentiers battus, se contentant de suivre ceux qu'il avait tracés et que ses parents avaient balisés pour lui.

Depuis sa rencontre avec Diane, il était mû par une pulsion de vie qu'il avait bien du mal à canaliser. Cette pesanteur de l'âme, si souvent éprouvée, s'était transformée en une légèreté délicieuse. César se découvrait émotif, créatif, et il aimait cela. Diane l'intriguait autant qu'elle l'impressionnait. Elle incarnait l'absolu féminin du jeune adolescent romantique qu'il avait été. Il était frappé par sa beauté, impressionné par son esprit, touché par son idéalisme.

Diane peinait quant à elle à dissimuler son trouble lorsque le nom de César s'affichait sur l'écran de son téléphone. Il était devenu, depuis leur brève rencontre, un souvenir flou mais vivace. Les traits étaient vagues et pourtant si marquants. César lui avait tout de suite fait une forte impression. Elle avait été déstabilisée par son charme et son autorité naturelle. Diane, qui ne s'attardait jamais sur les autres, se souvenait à quel point il lui avait été difficile de détourner le regard, tout comme il leur était désormais impossible de passer une journée sans s'écrire.

Mais Noël approchait à grands pas. Pris de remords, chacun s'était promis de ne pas envoyer de message à l'autre durant cette trêve dédiée à la famille. César brisa le premier cette règle que Diane prenait pour tacite.

« Il serait de bon ton que je vous souhaite un joyeux Noël, cher maître, ou que j'use de mon silence pour vous permettre de le savourer sereinement en famille. Mais nous savons tous deux que le silence n'est pas l'apanage des procureurs et encore moins celui des avocats. Je vous souhaite donc un joyeux Noël, que j'espère secrètement insipide. Pour ma part, je sens que mes cadeaux seront plutôt décevants cette année, faute de recevoir la seule chose que je souhaite vraiment. »

C'était la première fois que César écrivait de façon si frontale. Lui qui avait l'habitude d'avancer masqué s'exposait à ne laisser aucun doute sur ses intentions. Diane ne fut pas réellement surprise de ce message tant il reflétait son propre état d'esprit. Si elle ne parvenait pas à comprendre ce qui était à l'origine de cette étincelle, elle pouvait en revanche en prédire l'avenir. Et la provoquer.

« Mon cher César,

Je vois que vous usez de votre plume avec parcimonie mais sans détour en ce jour de fête. Ainsi, vous souhaitez me voir. Jusqu'à présent nos écrits étaient notre point de rencontre, en ce qu'ils dévoilent de nous bien plus qu'un simple face-à-face. »

César et Diane s'approchaient dangereusement du précipice. Le désir avait supplanté la curiosité des premiers temps.

Le 31 décembre, le point de bascule fut atteint, lorsque César écrivit à Diane.

« Diane, et si nous nous rencontrions vraiment, instamment, rien que vous et moi, sans artifice téléphonique ? »

« Une idée fort intéressante, mon cher, d'autant que cet "artifice" est si instable à cause du manque de réseau dans les Hauts-de-France. Mais je crains d'être déçue. Serez-vous à la hauteur de l'homme que j'imagine à travers vos écrits ? »

« Soyez assurée, madame, que je saurai honorer votre imagination. »

« Qu'il en soit ainsi ! »

Chapitre 13

Jeanne se tenait droite et fière devant le sapin qu'elle venait de décorer. Aussi loin qu'elle s'en souvienne, elle avait toujours eu plaisir à confectionner des boules de Noël et des guirlandes qu'elle parait de couleurs vives avant de les installer avec minutie. Dessiner, décorer, assembler, Jeanne avait un don pour cela.

En la voyant si heureuse, sa mère fut submergée par l'émotion. Elle gardait en mémoire le souvenir du précédent réveillon lors duquel Jeanne avait refusé de s'occuper de l'arbre de Noël. De quoi serait fait l'avenir de sa fille ? Cette question lancinante la hantait. Sandra se documentait sans cesse sur le même sujet. En 2016, 19 700 plaintes pour violences sexuelles sur mineur avaient été enregistrées, dont 78 % concernaient des filles, selon le rapport annuel de l'Observatoire national de la protection de l'enfance. Si les statistiques étaient claires sur le nombre d'enfants abusés, rien en revanche sur leur devenir.

Il fallait s'y résoudre, Jeanne faisait donc partie des vingt pour cent d'enfants victimes de violences sexuelles en France. S'il y avait un classement dont Sandra se serait bien passée, c'était celui-là. L'angoisse lui saisissait la gorge. Noyés dans ces chiffres, combien d'enfants s'en sortaient, réussissaient à avoir une vie harmonieuse, à vivre avec joie la naissance d'un sentiment amoureux et l'épanouissement du désir sans contrainte ? La vie était déjà assez difficile pour une adolescente, Sandra craignait qu'elle devienne insurmontable pour Jeanne. Elle s'en voulait chaque jour d'avoir hypothéqué son avenir, de n'avoir pas vu, pas compris ce qui se passait chez elle quand elle n'y était pas. Comment son compagnon avait-il pu ? Et elle, comment n'avait-elle rien vu ? Certes il agissait alors qu'elle était au travail, à des horaires variés, mais quand même une femme, une maman n'avait-elle pas un sixième sens pour percevoir ce genre de chose ? À moins que le cerveau n'élude ce que le cœur ne peut encaisser.

Était-elle une bonne mère ? Des mois durant, comment avait-elle pu être trompée par celui qu'elle aimait et par sa fille ? Elles étaient pourtant proches, toutes les deux. Sandra nourrissait parfois une haine encore plus grande contre elle-même que contre Christophe, son ex-compagnon. Sandra ne parvenait pas à surmonter sa culpabilité. C'était justement pour ça qu'elle n'avait rien vu. Parce que Jeanne savait que ça lui ferait trop de mal. Elle avait préféré se taire plutôt que la faire souffrir. L'enfant avait protégé sa mère aussi longtemps qu'elle avait pu le faire.

Jusqu'à ce jour de vacances d'été, deux ans auparavant, où Jeanne avait fini par en parler à sa grand-mère. Par chance, celle qui n'avait cure de la stabilité familiale ou des apparences sociales l'avait cru immédiatement. Combien de personnes choisissent de régler dans l'enceinte de leur salon des histoires qui doivent rester en famille ? Jeanne avait parlé, elle avait été entendue et cela l'avait sauvée.

Le monde de Sandra s'était effondré lorsque sa mère et sa fille lui avaient tout raconté. Leurs paroles lui avaient fait l'effet d'un charabia inaudible. Incrédule, elle n'y comprenait rien tant cela lui semblait inimaginable. Comment concevoir que l'homme qu'on aime viole votre fille sous votre toit ?

Sandra aurait pu balayer leurs accusations, mais elle avait fait front avec elles. Trois générations de femmes qui avaient fait plier Christophe en l'acculant de questions, à tel point qu'il avait fini par reconnaître les faits et se rendre de lui-même à la gendarmerie.

Souvent Sandra se demandait ce qu'il serait advenu si elle n'avait pas cru Jeanne et si Christophe n'avait pas avoué. Combien de victimes sont broyées sur l'autel de la justice faute de preuves ? Quand le corps ne parle pas, lorsqu'il ne conserve pas de stigmates des rapports imposés, ne restent que la parole de la victime et celle de l'accusé. Rien n'oblige un coupable à parler, même devant une cour d'assises. C'est d'ailleurs le seul, lorsqu'il était interrogé à la barre, à qui l'on ne fait pas prêter serment de dire la vérité. La présomption d'innocence accorde le droit de se taire aux accusés quand les victimes réclament le droit à la parole. Alors, si Christophe n'avait pas parlé, il n'y aurait pas eu de procès. Le monde de Sandra aurait continué de tourner tandis que celui de Jeanne aurait explosé. Condamnée à une double peine, celle d'être victime et de ne pas être reconnue comme telle. Alors, Sandra ne regrettait pas. À présent, qu'importe si elle ne vivait plus, car Jeanne, elle, se tenait droite et décorait le sapin.

Une larme coula sur ses joues de moitié bonne maman, comme elle aimait s'appeler. Tout n'était pas perdu pour Jeanne, et donc pour elle non plus.

Chapitre 14

Le nouvel an approchait. Entre les murs de la prison, l'effervescence se faisait sentir autant qu'à l'extérieur. Les traditions pénètrent aussi les murs des cellules. L'avènement d'une nouvelle année est un marqueur du temps dans un lieu où ce mot a cessé de faire sens.

En prison, le sablier s'est comme arrêté. La lumière des néons prolonge artificiellement chaque journée, alimentant la confusion diurne et nocturne. Là, nul besoin de montre, de calendrier, toute vie est régie par l'alarme, ce son qui dicte quand manger, échanger, dormir. Loin de l'horloge biologique, on vit sous l'horloge de la loi. Alors, une fois par an, enfin synchronisé avec le reste du monde, on célèbre la fête du temps. Comme s'il était possible, l'espace d'une soirée, de retrouver la normalité. Un œil dans le rétroviseur pour se rappeler les souvenirs de l'année passée, l'autre fixé sur l'horizon, celui qu'on espère apercevoir de l'autre côté des barreaux. Pour l'occasion, un spectacle de magie avait été organisé. Il devait permettre à chacune de s'évader, au sens légal du terme.

Laura éprouvait des difficultés à dépasser ce sentiment d'enfermement, même un jour de fête. Ce jour-là, comme le reste de l'année, elle comptait toujours trois barreaux à sa fenêtre et quatre pas entre son lit et la porte de sa geôle. Pourtant, elle mourait d'envie de souhaiter une bonne année à Claire, à sa famille, à elle-même, avec l'espoir que la suivante soit meilleure que les deux qu'elle venait de subir. Pour elle, 2017 serait synonyme de procès. Une audience déterminante pour connaître le nombre de réveillons à passer encore entre ces murs.

Laura fit donc bonne figure, se promettant de vivre l'instant présent au moins le temps de la soirée. D'autres détenues, doutant de la seule efficacité du spectacle de magie, décidèrent de faire entrer des stupéfiants dans la prison. Rien de tel que l'artificiel pour oublier l'essentiel.

Claire d'ordinaire si calme faisait les cent pas. Depuis ce matin, elle était particulièrement agitée, se rongeant le peu d'ongles qu'il lui restait. Elle ne savait pas comment annoncer à Laura qu'elle s'était mise dans le pétrin en acceptant de passer de la drogue via le parloir. Les deux femmes étaient considérées comme des détenues modèles, raison pour laquelle d'autres filles avaient demandé à Claire de faire l'intermédiaire pour éviter tout soupçon. Sous la contrainte et les menaces, Claire avait fini par accepter. Elle avait rempli sa mission avec succès, mais ses commanditaires avaient vu la drogue se volatiliser lors de la fouille matinale. Connaissant les procédures internes en prison, Claire savait que ce n'était qu'une question de temps avant qu'elle ne soit, elle aussi, interrogée.

Sous le regard médusé de Laura, qui peinait à comprendre la situation, deux gardiennes avaient débarqué en furie dans la cellule, bien décidées à la retourner pour y trouver du cannabis. En une minute, leurs lits étaient renversés, les étagères dépouillées, les vêtements fouillés. Leur intimité était piétinée. Plaquées au mur sans avoir le droit de se parler ni de se regarder, elles pouvaient seulement assister, impuissantes, à cette scène de désolation.

Première étape d'une longue descente qui devait se poursuivre par des auditions. Chacune à son tour allait être interrogée pour savoir si elles étaient responsables de l'introduction et de la distribution de stupéfiants dans la prison. C'était facile pour Laura de taire une histoire à laquelle elle était étrangère. En revanche, Claire, apeurée, craqua et finit par tout raconter, de peur de voir s'envoler sa libération anticipée. Elle regagna rapidement sa cellule. Trop rapidement. Son bref temps d'absence ne passa pas inaperçu auprès des autres détenues. La clameur monta soudain dans l'enceinte de la prison : « Balance en C1304. »

Claire commença à suffoquer, tandis que Laura cherchait des mots pour l'apaiser. Elle essayait de remettre de l'ordre dans leur cellule autant que dans la tête de son amie. Laura tenta de la rassurer en arguant de l'absence de poursuites disciplinaires grâce à leur conduite exemplaire et se déclara confiante quant à la protection que leur offriraient les gardiennes contre les autres prisonnières. Comme à son habitude, Laura avait foi en l'autorité, ou en tout cas elle essayait de s'en convaincre.

La journée s'écoula, moite et tendue, jusqu'à ce que sonne l'heure du spectacle de magie. Le tour le plus édifiant de la soirée fut assurément la disparition de Laura et Claire, subtilisées et molestées le temps de la représentation, sans qu'aucune surveillante s'en aperçoive. En prison, le silence est roi et il ne fait pas bon partager sa cellule avec une balance. Ce soir-là, ce fut un peu l'histoire de Laura qui se rejoua. Être au mauvais endroit, au mauvais moment, avec la mauvaise personne.

Chapitre 15

« Rendez-vous le 1er janvier 2017, à 9 heures, au point de rencontre suivant :

– Un monument historique édifié par Philippe Auguste au début du XIIIe siècle

– Quarante mètres au-dessus de la Canche

Ne soyez pas en retard. »

Si on ignorait l'expéditeur de ce message, la scène du crime était désormais connue. Il s'agissait de la citadelle de Montreuil-sur-Mer. Quoi de mieux qu'un monument historique comme cadre d'une rencontre qui l'était assurément pour Diane et César ?

C'était au milieu des fortifications de pierres et briques rouges qu'ils comptaient se retrouver. Là-bas, ils seraient protégés des regards. Ils désiraient soustraire leur relation au monde extérieur, au moins sur les trois kilomètres de rêverie que leur offrait la promenade des remparts. Seuls sur terre, avec un point de vue inégalable sur la vallée de la Course, ses champs, les clochers de ses petits villages et l'horizon à perte de vue.

Mais comment se retrouver lorsque l'on ne s'est pas encore trouvé ? La veille encore, ils étaient deux inconnus l'un pour l'autre. À présent, ils avaient le sentiment de se reconnaître. Cette intrusion familière d'un étranger dans leur vie les avait transcendés, ils rayonnaient intérieurement et aux yeux des autres.

César et Diane avaient passé la soirée du réveillon séparés mais ensemble. Leurs corps faisaient acte de présence au milieu des convives, tandis que leur esprit ne pensait qu'à l'autre, chacun imaginant le lendemain, les mots qui pourraient être prononcés, les silences et les gestes. On leur fit remarquer leur présence-absence. Qu'importe, ils savouraient cet état second dans lequel l'excitation les plaçait. Ils s'apprêtaient à vivre un moment unique dont ils n'avaient jamais fait l'expérience. C'était la première fois que Diane et César agissaient avec passion, non avec raison. Grisés mais anxieux, tels deux comédiens qui répètent un rôle, ils préparaient cette rencontre comme une audience.

César avait peu dormi, il quitta Audinghen à 7 h 30. Il tenait à arriver avant Diane pour s'imprégner des lieux, trouver le bon endroit pour l'attendre. Sur la route de Montreuil-sur-Mer, il écoutait l'album *Blend* de Thylacine, qui l'apaisait autant qu'il l'électrisait. Chaque sonorité s'accordait avec les battements de son cœur dont le rythme s'accélérait à l'approche de sa destination. Il arriva sous une pluie fine, releva le col de son imperméable et entreprit une marche le long des remparts en attendant Diane. Le jour se levait sur la campagne montreuilloise encore assoupie sous la brume. En cet instant, à l'instar de la vue qui s'offrait à lui, César ne connaissait aucune limite.

Diane aussi avait peu dormi. Elle se trouva un air fatigué lorsqu'elle se regarda dans le miroir. Elle peinait à reconnaître la femme qu'elle voyait. Une jeune femme nerveuse, dépassée, elle qui était toujours si mesurée d'habitude. Elle souligna ses grands yeux verts d'un trait de crayon, se passa une main dans les cheveux pour les discipliner avant d'enfiler une robe noire. Il était 8 h 45 quand Diane se gara devant le château de Montreuil. Elle aperçut au loin la silhouette d'un homme.

César n'avait pas remarqué son arrivée, il se tenait devant la citadelle et occupait l'espace par sa présence et son charisme. Diane, statique, l'observa un long moment. La fine pluie ruisselait sur sa mèche de cheveux et son imperméable. Il était plus beau encore que dans son souvenir.

Elle fut pourtant incapable de faire un pas vers lui. Ses sens se brouillèrent, à commencer par la vue. Elle eut le sentiment d'un destin funeste, imaginant César auteur et victime de sa trahison. L'angoisse oppressait sa poitrine et une voix intérieure lui criait de déguerpir. Tous les scénarios qu'elle avait élaborés s'envolèrent, et son cerveau ne lui souffla que ces vers de Racine : « Que le jour recommence et que le jour finisse, / Sans que jamais Titus puisse voir Bérénice. »

Diane fit volte-face et remonta dans sa voiture au moment où César se retournait. Il la fixait, immobile, quand une sonnerie retentit dans sa poche.

« Je ne peux pas. »

Le bruit du moteur s'entremêla au rugissement des bourrasques. Il sembla à César que la pluie avait redoublé d'intensité. Face à sa solitude, abattu, il envoya un dernier message avant de quitter les remparts.

« Tu ne veux pas. »

Diane roula sans but, écoutant en boucle « Why Does My Heart Feel So Bad ? » de Moby, avant de décider de retourner sur les remparts, à l'endroit de son bonheur avorté. Même si César avait déserté les lieux, son souvenir les habitait. Elle voulut partager l'espace qu'il avait naguère occupé et jouir de sa vue. Les rayons de soleil avaient fini par percer, mettant en lumière une campagne étincelante. Elle observa deux merles qui se tournaient autour en chantant. Pourquoi ne s'était-elle pas laissé porter par cette force qui la guidait vers César ? Sa stature, son port de tête altier, son regard acier, tout en lui l'attirait. Après des semaines d'échanges qui avaient attisé son désir et sa curiosité, comme elle aurait aimé le toucher, l'enlacer, l'embrasser !

Quel échec ! Elle s'étonna de ce terme qui se répercutait en elle en autant d'échos. Après tout, n'était-ce pas une victoire d'avoir réussi à ne pas succomber à la tentation ? Elle ne parvenait cependant pas à s'en réjouir. Qu'est-ce qui l'empêchait de faire partie des 33 % de femmes en France qui se déclaraient infidèles ou des 46 % de mariages qui se terminaient par un divorce ?

Pour une fois, Diane était incapable de trouver les mots. Depuis ce matin, l'émotion dictait la moindre de ses actions. C'était l'attraction qui l'avait poussée à mentir et à retrouver César. Puis la peur et le dégoût qui l'avaient fait fuir, par crainte de reproduire un modèle qu'elle avait pris en horreur, celui de ses parents. Diane s'était pourtant évertuée à construire sa vie aux antipodes de la leur. Elle avait choisi Georges, qui lui assurait une union apaisante et épanouissante, alors pourquoi se retrouvait-elle au même point qu'eux ? Cette croisée des chemins sombre où le cœur embrouille l'esprit. Elle qui se pensait vaccinée contre tout cela s'en voulait d'être finalement tombée dans le même panneau. Elle n'était donc pas aussi forte qu'elle le croyait, et en tout cas pas meilleure que ses parents. Sur ces remparts, l'avocate guerrière avait cédé la place à une femme faillible et vulnérable quoique bien plus humaine. Diane éprouvait tant de sentiments ambivalents. De la colère surtout, contre la lâcheté de son comportement. Mais pourquoi exactement ? Pour avoir menti afin de retrouver un homme autre que son mari, ou pour avoir fui son évidence ?

Les souvenirs et questions de la fillette qu'elle avait été remontèrent à la surface. Combien de fois avait-elle fait semblant d'ignorer ce dont elle avait une parfaite connaissance malgré son jeune âge ? Combien de fois avait-elle espéré de ses parents un acte de courage, celui de partir, d'assumer leur choix et d'arrêter de se résigner ? Diane comprit que c'était la voix de son enfant intérieur qui lui avait crié de déguerpir et de refuser de mentir une nouvelle fois pour un homme. L'aimer, le repousser, partir, rester, comment y voir clair ? Diane prit un moment de repos sur un banc, sur lequel elle aurait pu s'asseoir avec César. Elle saisit son téléphone pour écrire un message d'excuses et d'explications. Elle se persuada de ne l'envoyer qu'à la condition de voir l'un des deux merles s'envoler.

« Mon cher César,

Sans passé ni avenir, quelle histoire à bâtir ? Les cartes ont déjà été distribuées. Par d'autres la partie a été remportée. Dévorée par la proximité déconcertante d'un autre dont on ignore tout.

Mon intime étranger, je désire donc je fuis. Idéalistes de croire que nous pourrions vivre de présent et d'eau fraîche. Sur le bûcher de l'utopie, laissons disparaître un rêve que nous avons caressé mais qui n'appartient qu'aux autres : nous. »

Elle scruta le ciel. Les deux oiseaux avaient disparu.

Chapitre 16

Depuis sa dernière visite au centre de détention, Diane avait le sentiment que quelque chose s'était passé entre elle et Laura et qu'il lui fallait la revoir rapidement. Elle tenait à conserver la complicité naissante qui s'était instaurée entre elles.

Laura d'ordinaire méfiante commençait peu à peu à s'ouvrir à son avocate, à la faire entrer dans son monde sans craindre d'être jugée. Elle sentait qu'elle pouvait et devait tout lui dire. Elle était même valorisée que Diane sollicite son avis dans l'élaboration de sa défense. Ce qu'elle prenait au départ pour une nouvelle relation de soumission était en réalité une collaboration qui lui permettait de se questionner et d'aller de l'avant. Laura était néanmoins consciente qu'elle n'était pas tout à fait honnête avec elle-même et a fortiori avec Diane. Jusqu'à récemment, elle était dans une stratégie d'évitement au sujet de sa relation avec David et son acte. Lors de son interpellation, elle n'avait jamais clamé son innocence mais avait nié toute intention d'ôter la vie à son compagnon. Les mois passant, au regard de ses échanges en prison, des échos médiatiques des faits, de sa participation à la reconstitution de la scène de crime, elle était contaminée par les interrogations soulevées lors de la procédure. Avait-elle eu l'intention de le tuer ? Était-elle capable de le faire, ou à tout le moins de vouloir le faire ? Si tel n'était pas le cas, pourquoi était-elle passée à l'acte ? Laura, si péremptoire au départ, devenait perméable au doute. Elle avançait à tâtons dans ses souvenirs. Il lui semblait qu'une fois qu'elle arriverait à exprimer le pourquoi de son geste, elle pourrait justifier du comment. Mais elle en était encore incapable tant l'émotion prenait le pas sur son discernement. Laura s'était étonnée que Diane ne lui ait pas posé frontalement la question dès leur première rencontre. Elle avait apprécié la délicatesse de son avocate et comprenait son habileté à soulever petit à petit des questions pour la faire cheminer. Aussi espérait-elle beaucoup de ce nouvel entretien afin de persévérer dans sa démarche.

La gardienne arrivait justement pour l'emmener dans la petite pièce blafarde réservée aux échanges entre avocat et client. Par réflexe,

Laura s'assit en face de Diane sans la regarder dans les yeux. Elle fut si décontenancée que Diane n'entame pas la conversation qu'elle finit par relever la tête.

« Ça va, maître ? Vous ne dites rien…

– Beaucoup mieux maintenant. J'ai plaisir à voir vos yeux plutôt que votre cuir chevelu. Et surtout, je n'ai pas envie de faire un monologue, après on va encore dire que les avocats s'écoutent parler. »

Laura sourit.

« Pourtant, ça m'aurait arrangée. »

Diane en profita pour lui remettre une trousse de toilette dans laquelle elle avait pris soin de placer quelques produits de beauté.

« Bonne année, Laura. J'espère qu'elle vous procurera l'apaisement auquel vous aspirez. »

La jeune femme ne dissimula pas son émotion. Elle n'avait pas l'habitude de tant d'égards.

« Je n'essaye pas d'acheter votre confiance, ne vous méprenez pas, c'est seulement pour que vous puissiez vous faire belle au procès. Je compte sur vous, plus que sur ma plaidoirie, pour séduire les jurés. »

Le sourire de Laura s'élargit.

« Merci, maître.

– Et maintenant, au boulot, on a un procès à gagner, non ?

– À gagner, vous croyez vraiment ? J'ai tout perdu, moi, vous savez !

– Non, justement, je ne sais pas, alors dites-moi ?

– Mon fils, mon compagnon, mon travail, ma famille et même ma vie sociale. Enfin, vous voyez ce que je veux dire. Aujourd'hui, je ne suis plus une personne, juste un numéro de cellule. La dernière fois vous m'avez demandé si j'avais déjà pensé à mon avenir. Pour moi, je n'en ai pas. Ma seule perspective pour les vingt années qui viennent, ce sont ces murs et ces barreaux. Heureusement, je ne suis pas claustro !

– Voilà une bonne nouvelle. De un vous avez le sens de l'humour, et de deux, puisque vous n'êtes pas claustro et que vous n'avez pas de rêves, vous m'ôtez donc toute pression. On ne pourra pas dire que le verdict n'est pas à la hauteur de vos attentes, puisque vous n'en avez pas. »

Laura abdiqua.

« Vous avez gagné, je me rends, maître. Oui, j'ai des rêves et j'aimerais retrouver un peu de liberté. Mais vous pensez vraiment que je peux y croire ? Je ne veux pas me faire de faux espoirs. Et puis, je ne sais pas comment les gens réagiront, ma famille, dehors...

– Ce n'est pas honteux de vouloir sortir de prison. C'est même plutôt rassurant que vous en exprimiez le souhait. Quant à vos proches, je sais qu'ils vous écrivent, que votre mère vient vous voir. Pourquoi voulez-vous que ça change ? Alors, continuez, battez-vous en me donnant les armes pour remporter ce procès. Je sais, il peut paraître déplacé de parler de victoire parce qu'un homme est mort et qu'il est évident que vous serez condamnée parce que vous avez reconnu l'avoir tué, mais, croyez-moi, il y a bien des succès à remporter lors de cette audience. Obtenir la peine la plus symbolique, ça, c'est mon travail. Pour le reste, ce sera votre bataille. Il faudra vous armer de courage, pour recommencer, ou plutôt commencer simplement, comme vous le désiriez. »

« Un peu de liberté » : cette phrase prononcée par Laura interpella Diane. Ces quatre mots en disaient bien plus sur la jeune femme qu'elle-même ne voulait bien l'avouer. Ils synthétisaient ses attentes autant que ses peurs. Laura se revendiquait de l'« avoir », plus que de l'« être », se définissant par l'extériorité. Elle attendait des autres, ses parents, ses compagnons, qu'ils lui reconnaissent le droit d'exister. Elle souhaitait qu'on lui accorde un peu de latitude, non le droit d'être autonome et décider de sa vie. Comme si elle était effrayée à l'idée d'agir selon son propre code de conduite. Comment l'en blâmer. Les seules fois où elle avait exprimé sa volonté, elle avait perdu son fils et tué son compagnon, se donnant le sentiment d'être incapable d'appréhender et de maîtriser la liberté. Elle était une adulte qui souhaitait qu'on la traite en enfant. Il faut dire que Laura avait été habituée à vivre ainsi, chez ses parents d'abord, puis avec Ludovic et enfin David. Retranchée derrière sa timidité et son manque de confiance en elle, elle laissait les autres choisir à sa place. Elle cultivait le compromis qui lui offrait la tranquillité, une forme d'insouciance et l'assurance de n'être jamais seule. Cette situation lui convenait, d'autant que Laura se contentait de bonheurs simples, comme elle l'avait déjà expliqué à son avocate. Comme si la grandeur et la démesure l'inquiétaient et qu'elle était gênée de demander, d'en vouloir trop. Voir petit, rêver mollement, tomber faiblement, c'était de cette manière que Laura esquivait la déception. Comme pour ce procès dans lequel elle préférait ne pas trop s'investir, de peur de déchanter à l'annonce du verdict.

C'était la première fois que Diane percevait tout cela. Elle comprit la nécessité de faire prendre conscience à Laura que ce n'était pas en enfant mais bien en adulte qu'on allait la juger, et qu'il était temps pour elle d'incarner cette nouvelle colonne vertébrale, d'accepter de se tenir droite, de relever la tête et de faire face à ses responsabilités. Diane n'allait pas la lâcher jusqu'à l'audience et comptait bien lui faire gagner en assurance afin d'éviter d'être malmenée. Petit à petit et sans le lui dire, l'avocate, par ses interrogatoires, la préparait. Elle débusquait ses silences, traquait ses excès de langage, l'incitait à revoir sa posture. L'impression que Laura allait donner à la cour serait déterminante pour sa condamnation. La timidité pouvait être prise pour de la froideur, la combativité pour de la rancœur, la bêtise pour de la négligence. Laura allait devoir apprendre à monter sur le ring et à viser juste. Si elle continuait à se montrer résignée, à se retrancher derrière les actions des autres, de David, cela pourrait être perçu comme de l'inconséquence et de la légèreté.

Au fur et à mesure de leurs échanges, Diane s'attachait à sa cliente, à sa pudeur, à son histoire dont elle avait la conviction qu'elle ne pouvait s'arrêter à David. Elle demanda d'ailleurs à Laura de l'éclairer un peu plus sur leur relation. Elle avait besoin de comprendre le couple qu'ils étaient pour cerner quel avait été le point de non-retour. Le regard de Laura s'alluma lorsqu'elle se mit à parler de lui et à faire le récit de leur rencontre.

Depuis qu'il était enfant, David était habité par une colère qui faisait échouer nombre de ses projets. On le disait hyperactif, inconstant. Dès l'école, il avait commencé à avoir des problèmes avec ses camarades, jouant des poings à chaque frustration. Ses parents avaient renoncé, évitant à tout prix de le contrarier. Très tôt, David se rendit compte que la violence lui permettait de tout obtenir. Établir ses règles à la maison, quitter l'école à quinze ans. D'allure affable et grande gueule, il avait appris à se débrouiller et à vivoter, le plus souvent aux crochets de ses rencontres. Il faut dire qu'il était séducteur et comédien. Ses élans passionnés et son acharnement à obtenir les faveurs de ses proies en faisaient un prédateur redoutable. Il aimait la conquête et ne laissait aucun détail au hasard pour se faire aimer. David avait l'art de scénariser ses rencontres. Comme il l'avait fait pour Laura, il prétextait souvent un événement malheureux dont il venait d'être victime – un licenciement, un décès… – pour attirer la compassion. Sa cible baissait alors la garde, lui permettant de dérouler son scénario.

Laura n'avait pas fait exception à la règle. Elle l'avait rencontré lors d'une chaude soirée de juillet 2013. Après une journée de travail éreintante, elle avait eu besoin de décompresser et s'était rendue au bar Le Gallia, à Cucq pour y acheter des cigarettes et boire un verre. Depuis la mort de Tom, elle fréquentait régulièrement cet établissement dont elle connaissait le patron et sa femme, qu'elle trouvait sympathiques. David, accoudé au bar, ne la quitta pas du regard dès son arrivée.

« Je suis seul et vous aussi, ça vous dirait qu'on trinque ensemble à mon licenciement ? »

Laura vit difficilement comment refuser. Les larmes aux yeux, il lui fit un récit poignant des difficultés économiques de la boîte, de la manière dont son patron, à contrecœur, s'était vu contraint de se passer de lui, de ses craintes pour l'avenir. La jeune femme fut touchée. C'était la première fois depuis la mort de Tom qu'elle éprouvait ce genre d'émotion. Dans ce bar, elle les avait toutes anesthésiées sous un flot d'alcool et de banalités échangées. Mais, ce soir-là, la douleur de David avait fait taire la sienne. David s'était dit soulagé par son écoute avant de la questionner sur elle, sa vie, son métier. Puis, il lui avait adressé quelques compliments sur sa gentillesse et son sourire. David prenait la juste mesure des choses, pas de quoi la faire rougir mais assez pour susciter son intérêt. Comme pour les autres, il avait laissé repartir Laura sans rien lui demander. Il n'était pas intrusif et se contentait de faire une bonne première impression. Après quoi il avait attendu trois jours avant de se manifester devant le lieu de travail de Laura qu'il avait pris soin de noter lors de leur rencontre. Il prétexta être dans le coin pour un entretien d'embauche.

« Se croiser ici, au centre-ville d'Hesdin, incroyable ! C'est sûr, vous allez me porter chance. Permettez-moi de vous tenir au courant après ? »

Laura avait trouvé la situation incongrue et originale. Elle qui était sensible aux signes s'en était amusée. Deux heures plus tard, David était revenu, un bouquet de fleurs à la main, pour la remercier d'être son porte-bonheur. Il lui avait dit que grâce à elle, il était arrivé souriant et motivé, ce qui n'avait pas échappé à son recruteur. Évidemment Laura l'avait cru, il semblait si sincère.

De fil en aiguille, David s'était rapproché de Laura. Il avait perçu sa fragilité et œuvrait à ce qu'elle se sente importante à ses côtés. Il sollicitait son avis pour tout, réclamait son affection et sa protection, comme un enfant le ferait avec sa mère. Il apparaissait à Laura qu'elle lui était nécessaire, et cela redonnait un sens à sa vie. Bientôt, ils ne se quittèrent plus et firent tout ensemble. David suggéra que Laura quitte sa maison et qu'ils cherchent ensemble un logement. Elle fut séduite par l'idée, celle d'un endroit neuf, sans souvenir, pour un nouveau départ. Elle pensait que la vie lui offrait une seconde chance. À Stella-Plage, ils trouvèrent un pavillon avec un joli jardin. Il était blanc et bleu, simple et épuré comme ces petites maisons de bord de mer. Ils avaient été aussitôt charmés par la lumière qui se diffusait à travers les grandes baies vitrées du salon. David était surexcité lorsqu'il avait vu le double garage attenant.

« Je vais pouvoir m'acheter une bécane et en réparer d'autres. Je pourrai gagner des sous comme ça en étant mon propre patron tandis que tu seras juste à côté. Et puis, on n'aura qu'à faire quelques mètres pour aller se promener dans le sentier communal. Tu vas voir, ici, on sera heureux. »

Son enthousiasme était communicatif. Laura avait envie d'y croire autant que lui. Grâce à ses économies et son CDI, ils obtinrent le logement de leurs rêves et s'y installèrent dès le mois de janvier 2014. Les débuts furent assez idylliques. David bricolait dans la maison pour la retaper, aménageant le garage pour commencer son business. Le bonheur lui réussissait, sa famille le trouvait plus épanoui qu'il ne l'avait jamais été. Les mois passant, David ne trouvait malheureusement pas assez de clients. Il avait jeté son rêve d'entreprenariat et repris ses recherches d'emploi, en vain. Cela l'avait aigri et il en voulait à Laura d'être la seule source de revenus pour le foyer. Il en était vexé et craignait qu'elle ne s'en serve pour s'émanciper. Alors, David rôdait régulièrement à Hesdin autour de son bureau. Il garait son véhicule sur la place de la mairie, avant d'arpenter méthodiquement les rues commerçantes du centre-ville, traquant chaque sortie imprévue de Laura. S'il apercevait quelqu'un lui parler, elle subissait interrogatoires et injures. Laura l'acceptait, car elle n'avait plus que lui. Depuis quelques mois, David avait fait le vide autour d'elle. Au départ, il avait prétexté vouloir passer du temps avec elle en tête à tête. Elle avait trouvé cela romantique. Puis chaque fois qu'elle avait eu à se plaindre de sa famille ou d'un collègue, il attisait son courroux pour qu'elle se détourne définitivement des autres :

« Laisse tomber, ils sont jaloux, ils ne te méritent pas, tu perds ton temps, il n'y a que moi qui te comprends et t'aime. »

David était convaincant d'autant plus qu'en parallèle il instillait le doute en Laura. Il appuyait en douceur sur ses faiblesses, maîtrisant la rhétorique et l'art du compliment blessant : « Ça te va bien, ces quelques rondeurs que tu as prises depuis notre rencontre », alors qu'il savait que Laura n'était pas en paix avec son physique, ou encore : « C'est normal que tes parents passent beaucoup plus de temps avec ton frère qu'avec toi, son handicap le rend unique à leurs yeux », alors que Laura avait toujours cherché sa place au sein de sa famille. Insidieusement, chaque jour, David poursuivait son travail de sape. Laura finit par douter de tout et surtout d'elle-même, ce qui la rendait encore plus vulnérable.

Les volets de leur maison jadis si lumineuse étaient désormais presque tout le temps clos. La bâtisse était devenue triste comme Laura et angoissante comme David, qui redoublait d'exigences envers sa compagne. Il fallait qu'elle soit avec lui en tout temps et lieu sinon il se sentait faible. Laura était touchée par tant d'égards et par la place que David lui avait accordée dans sa vie, même si parfois elle le trouvait excessif, notamment lorsqu'il inspectait son téléphone, ou refusait qu'elle voie d'autres personnes en son absence. Comme David aimait à le répéter : « Être son tout, ça se mérite. »

Alors, quand Laura n'était pas à la hauteur, elle était sanctionnée. Les punitions évoluaient au fil du temps et de la consommation d'alcool de David : de l'injure à la privation de sortie, en passant par des coups et des relations sexuelles imposées. Le spectre des violences s'élargissait autant que le niveau d'acceptation et de dépendance de Laura. Quelquefois elle avait songé à partir, mais qui aurait voulu d'elle ? Le seul qui revenait toujours la chercher, c'était David, parce qu'il l'aimait.

Peu à peu, il se faisait plus insistant, exigeant et menaçant. Laura encaissait en silence. Elle qui avait cru mourir au décès de son fils se disait que son corps pouvait bien supporter cela. Et puis, ce n'était que passager. Elle était convaincue que David l'aimait et espérait qu'un jour cet amour les transformerait tous les deux. Laura pensait aussi que David irait mieux lorsqu'il aurait retrouvé un emploi. Mais David ne cherchait pas de travail, il en avait déjà un : l'éduquer, elle.

Elle avait beau se taire, certaines blessures parlaient d'elles-mêmes, au point qu'une de ses collègues, inquiète, fit un signalement à la gendarmerie en mars 2015. À l'arrivée des forces de l'ordre, David était sur une chaise de la cuisine en train de regarder Laura à genoux sur un manche à balai. Il avait décidé de lui infliger ce châtiment car Laura avait mal nettoyé la cuisine, et l'exercice devait lui apprendre à ne pas réitérer son erreur. Les gendarmes les emmenèrent tous les deux à la brigade de Merlimont. Laura refusa de déposer plainte contre David. Elle était exténuée, angoissée et ne songeait qu'à rentrer chez elle. Après une heure d'échanges et de bons soins, les gendarmes parvinrent à la convaincre de déposer au moins une main courante. Pas suffisant pour déclencher une procédure contre David, ils espéraient que cela lui ferait prendre conscience de la gravité de la situation. Faute de plainte, il fut relâché deux heures plus tard. Il regagna son domicile avec un sentiment d'impunité et une soif de revanche. Ce soir-là, il la frappa si fort que Laura perdit connaissance. Lui d'habitude si habile à la discrétion, aux sanctions invisibles, avait été démasqué. Effrayés par le bruit, les voisins appelèrent les gendarmes. David fut cette fois placé en garde à vue à la gendarmerie de Merlimont, tandis que Laura fut hospitalisée. Au bout de quarante-huit heures, la durée maximale d'une garde à vue pour ce type d'infraction, il reçut une convocation devant le tribunal correctionnel de Boulogne-sur-Mer pour des faits de violences conjugales. Avant d'être relâché, il fut présenté à la juge des libertés et de la détention, chargée de déterminer si, dans l'attente du procès prévu le 10 octobre 2015, David devait être placé en détention provisoire ou remis en liberté. Il fit profil bas, s'excusa platement pour son comportement, jura qu'on ne l'y reprendrait plus. David précisa s'être montré excessif en raison de sa consommation d'alcool et demanda à la juge la chance d'être placé sous contrôle judiciaire afin de se soigner et poursuivre ses recherches d'emploi avant l'audience de jugement.

« Comme ça, votre collègue jugera un homme neuf. Je vous promets que je vais faire tous les efforts et que je suivrai toutes les obligations que vous m'imposerez, madame la juge. »

En l'absence d'antécédents, la juge ordonna le placement sous contrôle judiciaire de David plutôt que la détention provisoire. Le manque de place dans les prisons avoisinantes était peut-être un argument caché pour la juge ce jour-là. Aussi, David ressortit libre, avec obligation de soins, de se présenter une fois par semaine au commissariat, de chercher un travail et de ne pas réitérer l'infraction, autrement dit de cesser de violenter sa compagne. À peine sorti du tribunal, David s'empressa de se rendre au centre hospitalier de l'arrondissement de Montreuil-sur-Mer dans lequel se trouvait Laura.

« Je t'aime tellement que j'en deviens fou, mais je vais changer pour toi. Il n'y a que toi qui puisses me rendre meilleur. »

Laura céda, encore une fois, et c'est ensemble qu'ils regagnèrent leur logement. David se montra exemplaire vis-à-vis de son contrôle judiciaire. Chaque semaine, il se présentait bien à la gendarmerie de Merlimont. Il se rendait également au centre de soins, d'accompagnement et de prévention en addictologie d'Étaples. Sans oublier d'honorer ses rendez-vous au Pôle emploi de Berck. De l'extérieur, David semblait avoir changé. Laura, quant à elle, devait composer avec le revers de la médaille. Il avait multiplié les efforts et les attentions à son égard… pendant un mois.

Finit-on par s'habituer à la violence ? C'était ce que pensait Laura. David avait pris possession de son corps. Il en avait fait le chef-d'œuvre de sa cruauté. De bleus en brûlures, de cicatrices en fractures, Laura se comparait souvent à un puzzle aux mains de David. Et l'artiste était astucieux. À l'approche de son audience, il redoublait de fourberie, cherchant des coups qui ne laissaient pas de trace. Le 11 septembre 2015, après avoir hurlé sur Laura et lui avoir fait une clé de bras, il s'approcha d'elle alors qu'elle faisait la cuisine.

« Je vais te prendre ici, devant l'évier, tu vas hurler tellement fort que même ton gosse, il va t'entendre de là-haut. »

Ce fut lui qui cria lorsqu'elle le poignarda dans le cou. La vie de David s'acheva ainsi, aux pieds de sa victime qu'il venait d'ériger en bourreau.

Chapitre 17

Le 30 janvier 2017, c'était la première fois que Diane et César devaient se revoir au tribunal depuis leur rendez-vous manqué. Vingt-neuf longues journées durant lesquelles ils ne s'étaient pas contactés. Sans se l'avouer, ils avaient mené de concert une lutte identique contre eux-mêmes, mettant un point d'honneur à résister. Ils se plaisaient à croire au triomphe de leur volonté, feignant d'ignorer qu'ils étaient totalement obnubilés l'un par l'autre.

Diane redoutait de parler à César avant sa plaidoirie. Elle était en charge de la défense de Mme Defachelle, une salariée agressée sur son lieu de travail par l'un de ses collègues, et devait à ce titre s'enquérir des réquisitions de César avant que le dossier ne soit évoqué. Comment allait-il réagir ? Allait-il l'éconduire, ou faire comme si de rien n'était ?

Contrairement à leur entrevue de Montreuil, Diane jouait là à domicile, dans les murs d'un palais qui la protégeait et avec un public assez nombreux pour se dissimuler. D'un pas fébrile, elle s'avança vers le bureau surélevé de César qui la toisait de toute sa hauteur. Il était auréolé de la lumière du soleil qui traversait les grandes fenêtres derrière son pupitre. César savait pertinemment qu'il la verrait à cette audience et s'était préparé à lui faire face. Dans sa tête, il s'était répété un discours, qui se voulait froid et désinvolte.

« Monsieur le procureur, je vous salue. Comme vous le savez, j'interviens en soutien des intérêts de Mme Defachelle, victime des agissements de M. Boulanger. »

À la vue de Diane et au son de sa voix, un sourire se dessina sur le visage de César, qui ne prononça aucun des mots qu'il avait prévus.

« Maître, pourquoi le saurais-je ? J'ignore tant de choses de vous, qu'il me tarde de découvrir. »

Diane sourit en retour et s'agrippa à ses conclusions pour ne pas dévoiler son émoi.

« Rien d'intéressant que vous ne sachiez déjà. Mais permettez-moi d'insister : quelles sont vos réquisitions, monsieur le procureur, dans ce dossier ? »

César marqua un temps de silence et leva un index.

« Je vous livre mes réquisitions à une condition.

– Il faut négocier, maintenant, avec la magistrature ?

– Dans ce monde, on n'a rien sans rien.

– Vous avez toute mon attention, monsieur le procureur.

– Dix minutes de votre temps, dans cette salle, à l'issue de l'audience.

– Si j'accepte, vos réquisitions iront dans le sens de ma cliente ?

– Vous êtes aussi incorrigible que je suis incorruptible. J'ai dit que je vous communiquerais mes réquisitions avant votre plaidoirie, non qu'elles seraient vôtres.

– Marché conclu, vous avez ma parole.

– Facile, comme tous les avocats, vous la donnez à tout le monde. Mais je m'en réjouis. Alors, sachez que je compte solliciter six mois d'emprisonnement avec sursis et mise à l'épreuve contre M. Boulanger. De rien, maître, et à tout à l'heure. Gardez de l'énergie pour votre seconde plaidoirie, vous en aurez besoin. »

L'excitation avait chassé l'angoisse de Diane. Encore une fois, César avait fait mouche.

Ainsi démarra le procès de M. Boulanger, à qui il était reproché d'avoir touché la poitrine de sa collègue Mme Defachelle, alors qu'elle était à son poste de travail, M. Boulanger ayant considéré que son décolleté était un appel auquel sa main devait répondre. Mme Defachelle en avait été bouleversée et avait quitté son poste pour prévenir son mari, ce dernier lui ayant alors rétorqué :

« Je vais aller lui casser la gueule, mais en même temps si tu t'habilles comme ça, il ne faut pas t'étonner. »

C'était finalement le soutien de son supérieur qui l'avait poussée à déposer plainte, d'autant que d'autres collègues avaient elles aussi subi des remarques déplacées de la part de M. Boulanger. Diane fit une plaidoirie sobre et sommaire, rappelant qu'habillement ne vaut consentement.

Le silence de M. Boulanger allait s'alourdir après les réquisitions de César.

« Monsieur, savez-vous ce qu'est une femme ? Une créature magnifique et supérieure vers laquelle nous sommes tentés de nous approcher. En particulier lorsque cette dernière porte une robe que nous rêvons d'arracher pour découvrir les trésors qu'elle cache. Pour autant, monsieur, le droit, qui a vocation à protéger la société, a créé une notion qui s'appelle le consentement. Vous allez me répondre : qui ne dit mot consent, non ? Et vous auriez tort, monsieur Boulanger, car le silence ne vaut acceptation. Avant de toucher une femme, de la caresser, on lui demande la permission. On éveille son intérêt, on lui manifeste notre désir dans l'espoir qu'il soit réciproque. Pour être efficace, la pédagogie de la justice doit, paraît-il, être imagée. Alors, imaginez par exemple que je brûle de désir pour maître Delaurel, que j'éprouve à l'instant le besoin de lui témoigner physiquement mon amour. Je pourrais me comporter comme vous l'avez fait, en la plaquant sur la barre du tribunal, sans lui demander son accord, et en l'invitant à me donner autant de plaisir que j'en réclame, mais maître Delaurel en serait profondément choquée, n'est-ce pas, maître ?

– Absolument, monsieur le procureur, répondit Diane.

– On ne peut prendre de force. Il faut demander la permission, choisir ses mots, mériter sa victoire. »

César sourit, ajoutant qu'il était parfois si délicieux d'attendre et si illégal de forcer. La peine de M. Boulanger fut fixée à quatre mois d'emprisonnement avec sursis mise à l'épreuve avec obligation de soins. Se soigner de quoi exactement ? Existe-t-il une formation pour apprendre à se comporter avec les femmes ?

Mme Defachelle était soulagée. Elle avait eu le sentiment, pendant l'audience, que la honte changeait de camp, même si elle pensait encore à l'agression chaque fois qu'elle se rendait sur son lieu de travail.

Après avoir raccompagné sa cliente à la porte du tribunal, Diane resta un moment sur le perron à regarder le jardin éphémère, celui des sept péchés capitaux. Elle savait que le sien l'attendait à l'étage. En condamnée, elle patienta encore quelques instants pour profiter des derniers rayons du soleil. Avec envie autant qu'appréhension, elle rebroussa chemin et gravit une à une les marches qui la conduisaient à la salle d'audience. Une fois n'est pas coutume, il lui sembla que c'était elle qu'on allait juger. À l'instar de ses clients lorsqu'ils se tenaient là, elle se sentait fébrile, assaillie de questions sur l'avenir, l'espoir, autant d'émotions qui n'appartenaient qu'à elle mais dépendaient des autres, dans ce palais.

César était toujours à son bureau, affairé à ranger ses dossiers pour dissimuler la nervosité de ses mains. Il ne voulait pas que son langage corporel trahisse son trouble.

« Maître, je ne vous attendais plus, asseyez-vous. À moins que vous ne préfériez vous placer à la barre ?

– La vôtre ou celle du tribunal ? Pardonnez cet humour déplacé, c'est celui du condamné. »

Leurs éclats de rire résonnèrent et réchauffèrent la salle aux tapisseries anciennes et aux lustres dégarnis. Ils se contemplèrent sans dire un mot, essayant de deviner les pensées de l'autre. Tous deux avaient imaginé ce moment sans être capables d'en prédire l'issue tant ils étaient sujets à des sentiments contraires. Ils attendaient de l'autre une réponse à leurs interrogations.

Appréciaient-ils uniquement un jeu de séduction qui leur était jusqu'à présent étranger et qui dopait leur ego ? Étaient-ils frappés par l'appel de la nouveauté ? À moins qu'il ne s'agisse de l'excitation de la découverte d'une sensualité extraordinaire loin de leur intimité conjugale ? Ou, pire encore, étaient-ils en train de se consumer ? En cet instant, ils n'étaient plus protégés par l'apparat de la cour, et c'était d'eux qu'ils allaient devoir discuter. César eut le courage de se lancer le premier.

« Maître, vous l'aurez sans doute compris, il m'est plus facile de requérir que de vous parler, d'autant que je peine à savoir par où commencer. Si je sais pourquoi je vous ai demandé de venir ici, j'ignore comment faire face à une situation si inhabituelle pour moi. Vous avez braqué mon quotidien, ébranlé mes certitudes. Je n'ai pas besoin de vous pour vivre mais j'ai besoin de vous pour exister. »

César fut surpris par le flot de paroles qui venait de franchir ses lèvres. Verbaliser à haute voix ses sentiments lui avait éclairci les idées. Il ne voulait plus lutter et espérait que Diane accepterait d'écrire avec lui une histoire dont il ignorait encore les reliefs et les aspérités. Serait-ce une série fugace, une épopée légendaire, une comédie ou une tragédie ? Qu'importe, l'évidence s'imposait à lui.

Diane en resta un instant interdite comme peut l'être une personne qui a le sentiment de s'être fait voler sa réplique. Le langage de César était celui de son cœur.

« Monsieur le procureur, comment faire, lorsqu'on est homme ou femme de justice, pour s'arroger un droit que l'on a accordé à d'autres ?

– Je ne sais pas, mais j'aimerais qu'on le découvre ensemble.

– Comment ?

– Avec le temps que vous accepterez de me donner.

– Que nous volerions aux autres ?

– Ayez l'honnêteté de reconnaître que nous leur en dérobons déjà quand nos esprits s'égarent l'un vers l'autre. Je parlerais donc plutôt d'une substitution : passons du temps des pensées au temps de présence. »

Diane vacillait sous les injonctions contradictoires, la folle envie d'essayer et la culpabilité même de l'envisager. Elle espérait de César le faux pas qui lui permettrait de se dérober.

« Puisque vous me parlez d'intégrité, l'article 212 du Code civil, vous connaissez ? Vous savez le devoir de fidélité.

– Je le suis envers moi, ce qui me permettra le cas échéant, au moment venu, de l'être vis-à-vis de mes proches. On trahit les autres quand on se ment à soi-même. »

À ces mots, César s'approcha si près de Diane que leurs corps frissonnèrent. Elle s'époumonait en pensée à énoncer toutes les raisons qui devaient les pousser à renoncer afin d'éviter une fin qui lui semblait inéluctable. À bout de souffle, elle s'accrocha à sa boussole littéraire en empruntant les mots de Mme de La Fayette :

« J'avoue que les passions peuvent me conduire mais elles ne sauraient m'aveugler. »

Lui prenant la main avec une délicate fermeté, César répliqua :

« Alors, ensemble, soyons clairvoyants, Diane de Clèves. Vous et moi sommes désarmés face à l'incertitude d'une situation dont nous ignorons la finalité. Pourquoi ne pas faire ce en quoi nous excellons : suivre des règles, celles que nous nous imposerions ici et maintenant ?

– Nous aurons donc un pacte à deux inconnus mais avec une seule limite : aucun contact physique.

– Marché conclu ! »

César et Diane cultivaient l'art du compromis. Cette condition insoutenable rendait leur culpabilité acceptable. Il ne s'agissait que d'une demi-trahison qui leur accordait un laissez-passer pour se découvrir et clarifier leurs intentions. L'excitation et la frustration étaient à leur paroxysme quand Diane prononça ces mots. Leurs corps s'impatientaient d'une autorisation qui venait de leur être refusée.

Chapitre 18

Le printemps cueillait la prison de Bapaume, ses trois bâtiments et ses cinq cent cinquante et une cellules. Non par ses cris d'oiseaux, mais par la chaleur suffocante emmagasinée par le béton de l'enceinte. C'était un des rares établissements pénitentiaires disposant d'une aile pouvant accueillir quatre-vingt-dix femmes, dont Laura. En ce début du mois de mai où tout refleurissait, la jeune femme avait pourtant le sentiment d'être au point mort, celui où elle avait laissé David.

Aurait-elle pu faire autrement ? Depuis quelques jours, la question se faisait lancinante. Elle mettait ça sur le compte du procès qui devait avoir lieu le mois suivant. Elle était sereinement inquiète. Certes elle était enfermée, mais Laura avait l'impression d'être plus libre qu'avant. Depuis peu, elle participait au centre d'appel créé dans l'établissement pour faciliter la réinsertion.

Elle se plaisait à converser avec des personnes extérieures et se sentait de nouveau utile.

Si la prison était réputée anxiogène, Laura au contraire y voyait une échappatoire. Entourée de ses semblables, celles qui s'étaient fourvoyées, elle n'avait donc pas à supporter les regards haineux ou apitoyés. Il lui suffisait de s'en tenir aux règles, aux horaires, à la routine, sous l'œil vigilant des surveillantes chargées de garder les corps.

Elle en était réduite à cela, un corps. Ce véhicule terrestre qui avait été si souvent malmené. Il avait eu peur, il avait souffert des coups de David, du dégoût de Laura. Qui aurait pu penser qu'il pouvait encaisser autant ? Laura gardait la mâchoire serrée, stigmate de ceux qui se taisent. Elle ne s'était jamais plainte, n'avait jamais demandé d'aide. C'était son corps qui avait fini par se rebeller, ce 11 septembre 2015, quand son bras avait détourné le couteau de son usage pour le planter dans la gorge de David.

Lorsque Diane avait évoqué la notion de geste réflexe au sujet de son acte, Laura n'avait pas compris pourquoi. À ses yeux, son geste était inexcusable, un point c'est tout. À la demande de son avocate, elle chercha néanmoins la définition du geste réflexe pour découvrir pourquoi Diane y avait fait allusion.

« Une réponse musculaire involontaire stéréotypée et très rapide à un stimulus. C'est le mécanisme de réponse intégrée d'un centre nerveux sans intervention du cerveau et de la volonté consciente. »

Laura en resta perplexe. Jusqu'à présent, elle n'avait pas envisagé une autre lecture de la scène du crime. Cette explication trouva pourtant un écho en elle. Elle n'avait jamais eu l'intention de tuer David. Au contraire, elle avait renoncé à sa vie pour lui, considérant qu'elle devait le soulager de sa peine et de la dureté de l'existence à son égard, comme une mère le ferait pour son enfant, qu'elle avait justement perdu. Là où sa volonté avait abdiqué, pourquoi son corps se serait-il rebellé ? Celui qu'elle avait abandonné aux tortures d'un autre s'était rappelé à son bon souvenir par ce geste réflexe, pour la délivrer, elle. Fallait-il y voir une forme d'instinct de survie ? Pour Laura, ce fut plutôt un instinct de vie tout court. Ce corps, en prenant la vie de David, lui avait rendu la sienne.

Laura commençait à concevoir ce qui avait pu se produire en elle. Étrangement, entre les quatre murs de sa cellule, elle retrouvait une certaine liberté. Dans ce lieu restreint, elle apprivoisait l'espace et apprenait à nouveau à vivre sans crainte ni mépris. Là, personne pour lui dire comment s'habiller, à qui parler, quoi manger.

Elle n'avait plus besoin de demander l'autorisation pour dormir. Ce que le rythme de la prison lui imposait, l'inconfort des conditions, n'était pas grand-chose à côté de la tyrannie que David exerçait sur elle.

Malgré tout, son absence lui pesait. Laura s'interdisait de l'exprimer à haute voix, car elle savait que son entourage ne comprendrait pas. Comment manquer de quelqu'un que l'on a tué ?

Même si elle trouvait cela absurde, Laura ne pouvait s'empêcher de penser à David, de se rappeler les bons moments vécus ensemble. Au début de leur relation, il s'était montré si gentil et attentionné avec elle. Et puis, à ses côtés, Laura s'était sentie unique. Elle avait aimé sa surprotection et l'intensité de leur sentiment amoureux. Avec David, tout était excessif mais vibrant. Sans lui, la vie lui semblait parfois tiède et monotone. Surtout, Laura peinait à trouver de nouveaux repères tant elle avait pris l'habitude de se reposer sur lui. Elle avait lié sa vie à la sienne, acceptant qu'il en dispose en la déchargeant des fardeaux de l'existence. Si David avait vaincu Goliath, il pouvait bien anéantir le chagrin de Laura. Alors, elle avait tout accepté, même si le héros était devenu son bourreau. Bien que décédé, David avait toujours un ascendant sur elle. Chaque nuit, son corps se réveillait en sursaut et le cherchait dans le lit par habitude autant qu'inquiétude. Psychologiquement, Laura était encore sous le joug d'un mort qu'elle gardait vivant.

Diane avait tenté de faire prendre conscience à Laura de l'emprise dont elle était victime. Cette « domination intellectuelle et morale » qui s'était progressivement installée entre David et elle et dont elle ne parvenait pas à se défaire. À chacune de ses actions, elle se demandait ce que ferait David, lui qui agissait toujours à sa place. Il était le ventriloque de Laura, cet illusionniste qui la faisait parler sans qu'elle bouge les lèvres. Avec lui, elle était un corps sans tête ; sans lui, sa tête devait lui permettre de se réapproprier son corps. Pas à pas, Laura réapprenait à marcher, à parler, à penser par et pour elle-même. Mais à quoi bon réapprendre à vivre lorsqu'on est enfermée ? Laura pouvait-elle se permettre de rêver ? En avait-elle seulement envie ? Claire et les autres détenues ne cessaient de parler de « l'après », de ce nouveau monde qui les attendait à leur sortie de prison. Quand on lui posait la question, Laura bottait en touche. Il lui était si difficile de se projeter. Elle était habitée par la crainte diffuse et incontrôlable que la mort la poursuive en toutes circonstances, quel que fût le lieu. Cette faucheuse qui s'était entremêlée à son destin et avait frappé les hommes qui l'entouraient, d'abord son fils, puis David. Ces êtres qu'elle avait aimés et n'avait pas su protéger ou sauver. Il semblait à Laura qu'elle n'avait plus rien à perdre.

Sauf peut-être un procès.

Chapitre 19

D'un pas fébrile, la frêle silhouette de Jeanne s'approcha de la barre. Ses yeux dépassaient à peine l'imposante pièce de bois qui faisait face aux juges. En quête d'appui, elle s'y agrippa fermement avant de jeter un regard à Diane qui s'était placée à ses côtés. Son avocate lui adressa un sourire bienveillant en guise d'encouragement. Jeanne lui retourna un clin d'œil, symbole de leur complicité pendant tout ce procès. Elle était prête.

Enfin, comme pouvait l'être une enfant de dix ans à qui l'on demandait de prendre la parole devant une cour d'assises. Même si en quelques mois les épreuves auxquelles elle avait dû faire face l'avaient fait gagner en maturité, Jeanne était inquiète à l'idée de s'exprimer devant des adultes, dans un grand tribunal, pour parler de choses si intimes. Le président prit la parole afin de tenter de faciliter celle de Jeanne.

« Bonjour, Jeanne, je te remercie d'être venue jusqu'à nous. Sacré bout de chemin pour une petite fille que de partir tôt ce matin d'Abbeville, de venir à Amiens et ensuite d'aller au tribunal. Ta maman t'a accompagnée ?

– Oui, elle est derrière avec ma grand-mère. C'est elle qui a conduit ce matin. »

On aurait dit l'émission de Jacques Martin, *L'École des fans*. À cela près qu'on demandait à Jeanne où étaient ses parents et qu'on lui demanderait bientôt de désigner son violeur, qui était là, dans le box des accusés. Le président continua avec quelques questions d'usage pour tenter de dérider Jeanne. À l'image de ses mains sur la barre, la petite fille semblait se crisper un peu plus à chaque nouvelle interrogation. Elle n'était pas dupe et savait pertinemment où tout cela devait la mener. Diane, qui avait appris à la déchiffrer au cours de l'instruction, décida alors de s'approcher d'elle pour poser une main sur la sienne. Consciente qu'en cet instant, Jeanne avait besoin d'un contact physique enveloppant. Tentative de mettre de la chaleur humaine dans la froideur de cette salle d'audience. Il avait fallu des mois à Diane pour apprivoiser Jeanne. Comment refaire confiance à un adulte lorsque ceux qui vous sont le plus proches vous ont trahi ? À force de patience, de douceur et d'honnêteté, Diane avait fini par y arriver. Ainsi, au contact de la main de Diane, Jeanne se tranquillisa et accepta de poursuivre son récit.

À cet âge-là, l'histoire d'un enfant aurait pu se résumer à l'école, ses activités extrascolaires, ses copains, sa famille. Pour Jeanne, il s'agissait de parler de nudité, de gestes déplacés, de douleurs vaginales et anales, d'une gêne incomprise, d'un mal-être sans cause. Comment savoir, lorsqu'on est un enfant, ce qui est autorisé, dans la norme ? Pourquoi être triste quand notre beau-père nous accorde, comme il disait, « un moment privilégié » ? Tout cela, Jeanne avait mis du temps à le digérer. Il faut dire qu'après l'abandon de son père, Christophe avait été le seul à s'occuper d'elle et de sa maman. Elle se souvenait ainsi de bons moments passés ensemble avant ses huit ans et peinait donc à comprendre pourquoi les attentions qu'il lui avait accordées s'étaient petit à petit transformées en gestes de prédation. À chaque jour une nouvelle blessure, Christophe ayant fait promettre à Jeanne de garder leur petit secret pour ne pas rendre sa mère jalouse. La double peine pour elle : subir et trahir.

Le silence avait enseveli les questionnements de Jeanne. La petite fille joyeuse avait cédé la place à une enfant taciturne, à qui l'on reprochait d'être toujours dans la lune. Comme elle aurait aimé rêver tout ce temps ! Ses absences étaient le fruit du poids de ses interrogations, bien trop lourdes pour de frêles épaules.

« C'est ça, la vie ? Est-ce que je dois embrasser mon beau-père ? Accepter son sexe dans le mien ou dans mes fesses même si ça me fait très mal ? Que va penser maman si elle le sait ? Qu'est-ce que je peux faire pour que tout redevienne comme avant ? »

Autant de questions auxquelles les juges allaient devoir apporter des réponses avec la sévérité d'un tribunal et la justesse de mots adaptés à un enfant. Christophe réitéra ses aveux devant la cour. Lors de sa plaidoirie, Diane le souligna.

« Vous ne pouvez mesurer les souffrances que vous avez engendrées chez cette enfant. Mais on vous doit une chose, c'est d'avoir reconnu les faits. Vous l'avez meurtrie par vos actes, votre parole lui ouvre la voie de la guérison. »

Diane venait de mettre en lumière tout le paradoxe de cette justice qui attend d'un auteur qu'il s'autocondamne. Dans cette procédure, comme dans tant d'autres, faute de séquelles et de témoin, l'accusation repose uniquement sur la parole d'un enfant face à celle d'un adulte ayant autorité. Qui croire, le mineur ou le mis en cause ? Celui qui a le courage de parler ou celui qui a tout intérêt à se taire ? Si l'auteur avoue, il permet à l'enfant d'être reconnu comme victime ; s'il se tait, il préserve sa liberté et sa dignité. Alors, pour certains, le choix est vite fait. À ce titre, de simple auteur de l'infraction, Christophe s'était presque révélé sauveur de la procédure. En se condamnant sur ses propres déclarations, il avait libéré Jeanne. Aussi la cour lui en fit-elle crédit en fixant sa peine à onze ans d'emprisonnement contre les quinze requis par le procureur pour viol sur mineur commis par une personne ayant autorité sur la victime. Lorsque Christophe quitta le box, menotté, la tête basse, des larmes coulèrent sur les joues de Jeanne. Dans cette eau, tout le sel des sentiments mélangés – le soulagement, la tristesse, l'inquiétude – et toute l'humanité d'un enfant.

Diane la contempla avec admiration.

« Tu es une petite fille hors norme, au courage exemplaire. C'est une vraie leçon que tu m'as donnée, Jeanne. »

La fillette regarda son avocate, l'air amusé.

« Ah bon, les avocats, ça apprend encore ? Moi je croyais que ça savait tout. »

Elles se serrèrent fort dans les bras, se promettant de se revoir vite dans un contexte bien plus joyeux. Les yeux embués, Diane quitta la cour et Jeanne. Elle avait plaidé pour elle, pour son avenir, mais comment allait-elle le construire ? Qu'allait devenir son rapport aux hommes après l'abandon d'un père et le viol d'un beau-père ?

Il faudrait faire avec ou plutôt sans. Se créer des repères là où ils avaient été défaillants. Après tout, Jeanne était une petite fille extraordinaire comme le lui avait dit Diane. Être hors norme, voilà un bagage qui pouvait être un fardeau ou une force intérieure incroyable. Quoi qu'il advienne, Diane ferait ce qu'elle pourrait pour l'aider à le porter. Quand un enfant vous honore de sa confiance, vous lui devez plus qu'une défense.

Chapitre 20

Fidèles à leur pacte, Diane et César s'écrivaient quotidiennement et se retrouvaient aussi souvent que possible. Chaque promenade, lecture, musique nourrissait leur complicité et leur appétit de l'autre. Le temps était leur dénominateur commun et la réponse à leur équation. César attendait qu'il joue en sa faveur pour lever les doutes de Diane, tandis qu'elle espérait qu'il affaiblisse leurs sentiments.

Au prix d'efforts constants, ils se tenaient à leur unique règle : aucun contact physique. Ces rapports platoniques leur permettaient de se découvrir sans remords. Eux qui avaient toujours cultivé leur esprit se découvraient un corps d'autant plus brûlant qu'il était privé de la possibilité de s'exprimer. Leur imagination n'avait de limite que leur désir de plus en plus difficile à dissimuler dans un palais de justice de province où les regards des confrères se faisaient suspicieux. Aussi César invita-t-il Diane à le rejoindre une nuit pour évoquer le dossier de Laura Deramcourt dans lequel ils seraient prochainement adversaires.

Quand les lumières scintillèrent dans la ville de Boulogne, Diane retrouva César. De l'extérieur du palais, on apercevait deux points éclairés : la loge du gardien à l'entrée, et au deuxième étage le bureau de César. Diane pénétra dans l'enceinte du palais avec délectation. Parcourir de nuit ce lieu si habituel était une découverte pour elle.

César descendit les escaliers pour l'accueillir. Elle s'agrippa à son bras autant par envie que pour déjouer les embûches dont regorgeait le bâtiment. Ses marches, ses recoins, ses voies sans issue lui semblaient encore plus labyrinthiques dans l'obscurité. À l'aveugle, ils se faufilèrent jusqu'au bureau de César.

C'était la première fois que Diane entrait dans son espace. D'ordinaire ils aimaient se retrouver hors du tribunal. Elle apprécia son joyeux désordre et l'odeur de jasmin qui se dégageait de la bougie posée sur le bureau. Immédiatement Diane se sentit à son aise dans cette pièce où elle retrouvait un peu de César à travers la photo de ses enfants sur le bureau, la guitare dans le coin de la pièce, la balance de la justice sur l'étagère du fond et la robe posée négligemment sur le canapé.

Les trois tomes du dossier Deramcourt trônaient sur la table. Diane s'en approchait pour en défaire les sangles lorsque César l'interpella.

« Maître, puisque nous nous arrangeons avec la déontologie en préparant ensemble un dossier dans lequel nous serons adversaires, permettez-moi de vous proposer une entorse supplémentaire. »

César sortit un joint de sa poche. Diane acquiesça, amusée par cette proposition surprenante.

« Un procureur revendeur, vous me surprendrez toujours, mon cher César.

– À défaut de vous prendre, vous voulez dire, ma chère Diane. »

Elle se saisit du joint et en tira une grande bouffée. Les yeux plongés dans ceux de César, elle se délectait de l'instant. La combinaison du tribunal, du dossier d'instruction et du joint lui rappela ses années d'étudiante.

« Qu'il est loin, le temps de la Sorbonne.

– Rue Saint-Hippolyte, ou place du Panthéon ? Plutôt Jean Gicquel ou Laurent Aynès ?

– Comment vous savez ça, vous ?

– Parce que je fais partie de la team Panthéon, madame, mais quelques années avant vous. Les sushis de la rue Monsieur-le-Prince, les assemblées de l'UNEF, la librairie LGDJ de la rue Soufflot, tout cela, j'ai connu.

– Vous êtes en train de me dire qu'on aurait pu se croiser lors des blocages dans les amphis, devant les graffitis de l'entrée, à la machine à café du rez-de-chaussée ou aux fameuses Juris'nights ? Maintenant que j'y pense, peut-être même que c'est vous qui teniez la pancarte pendant les manifestations anti-CPE en 2006, "Villepin, t'es comme le papier peint : t'es beau mais tu sers à rien".

– J'aurais pu mais, à ce moment-là, j'étais déjà à l'ENM de Bordeaux.

– C'est dingue de se dire qu'on a fréquenté les mêmes endroits, aux mêmes âges ou presque, sans jamais se croiser. Le *kairos*...

– Le quoi ?

– C'est le temps du moment opportun. Selon Jankélévitch, c'est l'instant T. Avant est trop tôt, après trop tard.

– Si je vous suis, ma chère Diane, il est donc opportun que nous nous soyons rencontrés maintenant plutôt qu'à la fac ?

– Peut-être. Même si nos situations actuelles me semblent plus compliquées qu'à l'époque.

– Qu'est-ce qui vous paraît si insurmontable ?

– À première vue, je dirais votre état civil, l'anneau qui entoure votre annulaire, la photo qui est posée sur votre bureau.

– Je crois que d'autres l'ont fait avant nous et ont survécu. Si leur témoignage peut vous éclairer, je suis prêt à les citer à comparaître. »

Diane sourit, bien décidée à jouer sur l'ambiguïté de cette phrase pour amener César à se dévoiler.

« Ces autres dont vous parlez, qu'ont-ils fait exactement ?

– Très joli, maître Delaurel, je vois où vous voulez en venir.

– Et alors ? Ils ont réussi leur adultère ou leur divorce ?

– Quelle que soit ma réponse, je sais qu'elle ne vous saura d'aucun réconfort. Pour des raisons qui m'échappent, vous cherchez le moindre grief pour m'évincer. Dans la première hypothèse vous penserez que je suis lâche et menteur, dans la seconde, inconséquent et irresponsable. En somme, vous attendez de moi que je vous livre un prétexte pour me mépriser, mais n'y comptez pas. Vous voulez des réponses toutes faites pour compléter vos blancs et vos silences. Mais je ne copie-colle pas la vie des autres sur la nôtre. »

César la voyait perdre pied, comme une enfant impuissante face à une situation qui la dépassait. Plus que jamais, il avait envie de la serrer dans ses bras, la réconforter et lui apporter les réponses qu'elle attendait. Mais il lui fallait gagner du temps pour qu'elle chemine et qu'il soit prêt. Alors, il lui déclara en souriant :

« Je suis flou de vous. Entendez par là que les contours de notre relation ne sont pas nets. De la parenthèse enchantée qui égayait mon existence lors de notre rencontre, vous êtes devenue la béquille indispensable à mon équilibre. Je ne saurai me contenter de votre corps à l'exclusion de votre être. »

Touchée, Diane répondit par ses propres interrogations.

« Comment vous aimer dans les larmes de votre femme ? Elles auraient pour moi la même amertume que celles que ma mère versait à chaque nouvelle tromperie de mon père. Comment accepter que vous deveniez un père à mi-temps pour être mien à plein temps ? De quel droit voler ainsi à vos enfants des moments qui leur appartiennent, ceux dont j'ai cruellement manqué lorsque mon père les accordait à d'autres ? »

Un voile de tristesse embruma son regard. C'était la première fois qu'elle parlait de son enfance à César. Il aurait aimé l'aider à affronter ses démons et à dépasser les automatismes de son schéma familial, mais c'était trop tôt. Si l'éclosion et l'épanouissement de ses sentiments le rendaient chaque jour plus fort et combatif, il avait encore besoin que le temps conforte ce qui jour après jour devenait une certitude pour être à la hauteur d'un rendez-vous qu'il ne voulait pas manquer. Aussi, préféra-t-il mettre de la légèreté pour adoucir Diane et ne pas l'effrayer :

« Vous savez que la responsabilité pénale est limitée aux auteurs de l'infraction, non à leurs ayants droit. Vous n'avez donc pas à payer pour les erreurs de votre père et les lâchetés de votre mère.

– Touchée.

– Mais pas encore coulée.

– Au travail.

– Oui, maître. »

Si Laura Deramcourt les avait rassemblés ce soir, leur analyse du dossier était diamétralement opposée. César se montrait sévère à son égard. Pour lui, l'existence d'une plaie à la gorge caractérisait l'intention manifeste de tuer. Diane était beaucoup plus nuancée, arguant du contexte et des violences pour justifier le geste de Laura.

« Ton argumentaire ne tient pas, rétorqua César, regarde le PV de la reconstitution de la scène du crime ! Si tu veux, on refait le déroulé.

– Ça marche, ça, d'habitude, avec les filles ? Je veux dire, leur proposer de mimer un meurtre ?

– Tout à fait, sauf que je n'essaye pas de te plaire, puisque tu es déjà conquise. Allez, Diane

Deramcourt, place-toi dos à moi devant l'évier. Je vais me mettre derrière toi, comme David Ramet. Ça tombe bien, nous avons une différence de taille assez proche de la leur. »

Diane prit le temps de saisir les ciseaux que César avait laissés sur son bureau. Il contourna sa chaise et se dirigea vers Diane, se plaçant aussi près d'elle que David de Laura. À moins d'un mètre de lui, Diane sentit le poids de son corps derrière elle. Son odeur, sa respiration, tout était lancinant et douloureux. Non en raison de la crainte qui lui tenaillait les entrailles comme Laura mais du désir qui la consumait. César, troublé par cette proximité qu'il avait si souvent espérée, peinait à retrouver les mots de David. Après une minute de silence, il prononça sa dernière déclaration : comme David, il était condamné, non à mourir mais à aimer follement cette femme. Diane, comme Laura, se retourna et le toucha à la gorge. Ce fut le premier contact physique spontané entre eux, un coup, qui les frappa tous deux au cœur. Décontenancés, ils se raccrochèrent à la procédure pour tenir leur promesse.

« Tu vois, Laura a monté son bras pour l'atteindre au cou. Elle ne l'a pas repoussé ou blessé à l'abdomen alors que c'était la partie du corps la plus accessible pour elle. Elle a fait un mouvement volontaire, ascendant.

– Je te l'accorde, mais ça ne signifie pas forcément qu'elle voulait le tuer.

– Le lui as-tu demandé ?

– Non, et même si elle m'avait répondu, je ne te le dirais pas. »

César avait mis en lumière un point central du dossier : l'intention de donner la mort. Diane n'avait jamais osé demander à Laura si elle avait cherché à tuer David. Le lien qui l'unissait à sa cliente était encore trop fragile pour qu'elle se le permette. Il fallait nourrir la confiance mutuelle pour que Laura se livre sans craindre que cela impacte sa défense. Diane attendait donc le moment propice pour le faire.

César et Diane clôturèrent la procédure autour d'un dernier verre de bourgogne. Chacun avait avancé sur ses positions, dans le dossier comme dans leur relation, mais se gardait bien de le dire à l'autre. Avant de partir, ils se dirigèrent vers la salle des pas perdus, cette vaste pièce au deuxième étage illuminée par les rayons de lune qui traversaient les grandes fenêtres du palais. Diane déambula avec plaisir dans cet espace aussi vide et calme qu'il était d'ordinaire surpeuplé et bruyant. César posa sur un banc en bois son enceinte et une veilleuse qui éclairait faiblement mais chaleureusement la pièce. Quelques instants plus tard, on entendit retentir la guitare et la voix de Chris Isaak dans « Wicked Game ». Ils parlèrent et dansèrent encore une bonne partie de la nuit. Au milieu de la salle des pas perdus, une fois de plus ils s'étaient trouvés.

Chapitre 21

Dans le fourgon qui l'emmenait à la cour d'assises de Saint-Omer, Laura était sereinement agitée. Elle était heureuse de sortir de ses quatre murs, même si c'était pour se retrouver entre quatre roues. Elle savourait le privilège de voir défiler la route et les paysages. Cela faisait longtemps qu'elle n'avait pas ressenti de mouvement. À la prison tout était statique, immuable. Cent trente, c'était le nombre de pas de sa cellule à la cour. Chaque jour, elle suivait le même trajet, au même rythme, derrière le même dos. Laura se sentit donc grisée par la vitesse et les kilomètres avalés, malgré le fait qu'ils la rapprochaient de sa sentence.

Le procès devait durer trois jours. On lui avait dit que c'était assez court, car son affaire n'était pas difficile. « Meurtre » et « facile », c'était là une association lexicale surprenante. David aurait mis neuf mois à naître, quarante ans à vivre, dix minutes à mourir et trois jours pour obtenir réparation. Laura se dit que c'était sûrement lié à ses aveux immédiats. Elle peinait d'ailleurs à comprendre pourquoi il fallait la juger. Autant appliquer simplement le Code pénal, soit trente ans de réclusion criminelle. Pour elle, tout était finalement assez mathématique. C'est oublier que la justice n'est pas affaire de science mais d'hommes et qu'elle repose sur le fameux principe d'individualisation des peines, qui permet au juge d'adapter la sanction d'un condamné afin de tenir compte de sa personnalité ou des circonstances de l'infraction.

Dans une cour d'assises, on ne juge pas un dossier d'instruction mais une personne. Au-delà d'établir son innocence ou sa culpabilité, les jours d'audience doivent permettre d'interagir avec elle, de comprendre son passé, ses motivations, sa psychologie, notamment pour sonder son niveau de dangerosité. Quel exercice difficile pour un accusé que de se présenter sous son meilleur jour dans un tribunal où tous les regards sont braqués sur lui ! À chaque instant, magistrats, jurés, avocats analysent et interprètent son attitude pour se forger une conviction. Combien d'accusés dont la personnalité semble détestable à la lecture de l'enquête sont parvenus à se montrer aimables lors de leur procès, semant ainsi le doute vers l'acquittement, ou l'empathie entraînant une réduction de peine ?

Diane s'évertuait à le faire comprendre à Laura. Elle attendait d'elle qu'elle soit combative mais pas revendicative, de peur que son geste soit considéré comme volontaire et assumé ; sensible mais pas misérabiliste, afin qu'on ne puisse lui reprocher de vouloir apitoyer les jurés. En somme, Diane espérait de Laura qu'elle se présente à la cour comme elle se présentait à elle depuis peu : nuancée. À force d'être bousculée, Laura commençait à saisir que le destin ne serait pas le seul maître de son sort, qu'elle se devait d'agir et non de subir, comme elle l'avait toujours fait. Après tout, c'était « son » procès, aussi devait-elle faire en sorte de se l'approprier, qu'il lui ressemble, à elle, mais aussi à David.

Peu à peu, Laura se rendait compte des enjeux de l'audience. Des plus évidents – comme le nombre d'années qu'elle passerait derrière des barreaux, ou rendre justice à la famille de David – au plus personnel – celui de faire sa propre catharsis. Si elle allait entrer dans le box en tant qu'accusée, menottes aux poignets, comment allait-elle en repartir ? Quelle image aurait-on d'elle et aurait-elle d'elle-même ? Si elle devait sortir dans trente ans, verrait-on dans cette vieille femme une meurtrière aux épaules voûtées sous le poids de la culpabilité ?

Comme un artiste avant d'entrer en scène, Laura avait le trac. Si elle avait raté sa vie, elle pouvait encore réussir son procès. Même si tout était très flou, il lui semblait qu'elle pouvait en attendre une libération autant qu'une condamnation. Laura éprouvait un soulagement à l'idée de payer son dû, espérant que cela apaise ses remords et chasse ses cauchemars. Toutes ces images qui la hantaient chaque nuit : cette cuisine lugubre, son geste fou, l'effusion de sang de David et son agonie, tout était là ou presque. Laura souffrait du syndrome de la mémoire sélective. Elle avait oublié les coups dont elle-même avait été victime. L'absence de David semblait avoir sublimé son image dans son esprit. Il jouissait du voile de l'innocence tandis qu'elle portait le manteau de la culpabilité. Elle savait que Diane détestait l'entendre parler de cette manière, elle qui essayait toujours d'attiser sa combativité, de lui faire prendre conscience de sa qualité de victime.

Pour le moment, Laura ne se sentait ni victime ni bourreau, juste voyageuse. Assise à l'arrière du fourgon, les mains liées, elle regardait l'horizon à travers les grilles du carreau qui cisaillaient le paysage morcelé comme elle. Laura profitait des derniers kilomètres qui la rapprochaient de son jugement. Le son du gyrophare à l'entrée de Saint-Omer la sortit de sa torpeur. À son arrivée, elle contempla le palais ancien au style classique.

Si elle n'avait pas eu les mains menottées, elle aurait aimé caresser les vieilles pierres lisses de sa façade.

Laura eut peu de temps pour admirer l'édifice qui déciderait de son destin, car elle fut rapidement placée dans une geôle du sous-sol. Elle avait beau avoir pratiqué ces cellules temporaires depuis deux ans, elle ne s'y habituait pas. Il y faisait encore plus sombre que dans la prison. L'odeur y était plus nauséabonde, aussi. Une odeur âcre, celle de la peur, des innocents qui doutent d'être crus et des coupables qui rechignent à payer l'addition. Elle eut le sentiment d'étouffer et avait hâte de remonter à la surface, même si c'était pour être jugée par ses pairs. Alors que beaucoup en seraient effrayés, pour elle c'était, au sens propre comme au figuré, une montée vers la lumière. Celle de la justice, qu'elle attendait comme une rédemption.

Ce fut le moment que choisit Diane pour la retrouver. Les deux femmes échangèrent un long regard sans prononcer la moindre parole. De ces silences qui en disent beaucoup et qui rassemblent. Deux femmes, du même âge, que le hasard de la vie avait portées là, dans cette geôle, et qui allaient vivre ensemble un des moments les plus intenses de leur existence. Elles se sourirent, certaines d'une chose, de la confiance qu'elles s'accordaient. Depuis peu, leur cheminement parallèle les avait amenées au même point de bascule. Ce moment de tangente qui oriente la vie dans une direction opposée à celle que l'on avait jusqu'à présent empruntée. À une échelle différente, elles mesuraient toutes deux la violence de la sortie de route et son impact sur leur vie sociale. Cela avait créé un lien entre elles, que seule la mesure de l'épreuve permettait de décrire. Après cet instant de calme, la nature de Diane la rattrapa. Elle eut besoin de mettre des mots pour combler le silence.

« Comment ça va, Laura ?

– Comme une marionnette qui attend de savoir sur quel fil on va tirer. Le truc, c'est qu'ils sont prompts à craquer. J'ai l'impression que tout se mélange, j'ai peur et en même temps j'ai hâte. C'est bizarre, non ?

– Ça se comprend. Ce procès, c'est la fin d'un chapitre et le début d'un nouveau récit, alors forcément ça donne le vertige.

– Le début je ne sais pas, la fin c'est sûr. Parce que bon, ce n'est pas facile d'écrire en prison.

– Je vous le dis, Laura, ça, c'est mon travail. Je ne peux pas vous promettre que vous sortirez libre, mais en tout cas je ferai le nécessaire pour que vous en sortiez le plus vite possible. Je n'y arriverai pas seule, vous le savez. La manière dont vous serez perçue par le tribunal est déterminante, donc soyez vous-même.

– C'est-à-dire une alcoolo meurtrière. Vous me flattez, maître. »

Diane sourit.

« Parfaitement, cette Laura spontanée, sincère et honnête. N'entrez pas dans les cases qui vous seront assignées, tantôt la victime, tantôt la meurtrière. Pour résumer, cinquante nuances de Laura.

– Y a bien que vous pour me faire sourire dans un endroit aussi pourri. Utiliser mes lectures pour m'éclairer, c'est bien joué. Je vais faire de mon mieux, comme on a préparé ensemble.

– Il n'y a pas de mieux ou de pire, il n'y a que vous et votre vérité. De toutes les personnes présentes ici, n'oubliez pas que vous êtes la seule à détenir les clés de votre histoire et donc de ce procès. C'est votre récit qui fera notre ouvrage et votre décision. Soyez à la hauteur et je tâcherai de ne pas être trop mauvaise. »

Enfin elles se comprenaient, et c'est ensemble que les deux femmes franchirent la porte de la salle d'audience. L'une pensant être libre, tandis que les menottes de l'autre avaient eu raison de ce sentiment depuis longtemps.

Bien qu'enfermée dans un petit box en verre, Laura eut le sentiment que la pièce était immense. Elle ne s'attendait pas à y voir autant de monde. Elle qui avait espéré croiser sa mère n'osait la chercher du regard, de peur de tomber sur les proches de David. Elle baissa donc la tête en attendant qu'on lui adresse la parole. Diane lança un coup d'œil vers César, qui était déjà installé. Le noir de sa robe tranchait avec la blancheur de la salle. Il lui semblait encore plus impressionnant du haut de son pupitre surélevé, peut-être parce que c'était la première fois qu'ils allaient s'affronter. Ils se jetèrent un regard mêlant trouble et émotion. Après avoir salué la présidente et les deux magistrats assesseurs, Diane s'approcha du bureau de César. La solennité du lieu leur imposait une retenue supplémentaire. Là encore plus qu'ailleurs, ils n'avaient pas le droit de s'aimer.

« Maître, je...

– Bonne chance, mon cher César. »

La tension était palpable. Une foule d'anonymes, composée de citoyens inquiets, s'ébrouait dans la salle. Le hasard du tirage au sort sur les listes électorales les avait conduits à être de potentiels jurés durant les trois semaines de session de la cour d'assises de Saint-Omer, délai durant lequel ils devaient se présenter à l'appel de chaque nouveau dossier pour savoir s'ils étaient retenus ou libérés. Trois semaines durant lesquelles ils pouvaient être amenés à être juges pour quelques jours avant de retourner au travail et de revenir pour un autre dossier. Étrange va-et-vient qui secouait leur quotidien.

Les profils présents étaient très hétéroclites. Il y avait ceux qui se cachaient dans leur siège au fond de la salle, comme sur les bancs de l'école, espérant ne pas être tirés au sort. D'autres, un carnet de notes à la main, attendaient avec impatience l'appel de leur nom. Friands d'émissions policières, ils rêvaient de vivre cette expérience, être dotés d'un pouvoir plus grand que celui de tous les superhéros, celui de rendre justice, avec la charge mentale qui l'accompagne et l'obligation de rendre des comptes devant la société qu'ils représentent. Combien de jugements sont décriés dès qu'ils sont prononcés à la sortie d'une audience ? Certains taxés d'être trop laxistes, d'autres trop sévères. Tandis que la clameur des « moi si j'avais été juré, j'aurais » devient une rengaine habituelle. Ceux qui savent sans jamais avoir mis les pieds dans une cour. S'ils savaient.

À la mine décomposée de certains dans l'assemblée, il apparaissait que le début de la session d'assises avait déjà été éprouvant. Comment quitter ses habitudes, son chez-soi, pour aller juger d'un viol sur mineur, d'un meurtre au couteau ? Existe-t-il des formations pour se préparer à exercer ce devoir civique, ou plutôt des solutions pour pouvoir retrouver sa vie d'avant presque comme avant ? Certains regards hagards ne trompaient pas. On ne sort jamais indemne d'une cour d'assises, qu'on y soit victime, accusé, ou auxiliaire de justice. Même s'il y avait encore assez peu d'études en France sur le sujet, sur les vingt mille personnes appelées chaque année à être jurés, en moyenne près de cinquante pour cent d'entre elles feraient état de symptômes de stress post-traumatique à l'issue de l'audience, troubles du sommeil, insomnie, sentiment d'insécurité. Si on ne fait pas d'omelette sans casser d'œufs, manifestement on ne fait pas de décision de justice sans casser de jurés.

La présidente de la cour prit la parole pour remercier les jurés de leur présence. Elle annonça l'ouverture du procès de Laura Deramcourt, quatrième dossier de la session d'assises, et démarra le tirage au sort. Diane et César se jetèrent des œillades appuyées, tentant de deviner les noms que l'autre allait éliminer. Ils disposaient tous les deux de la possibilité de récuser des jurés et comptaient bien exercer ce pouvoir afin de servir leurs intérêts. Pour César, il fallait obtenir la plus juste représentation de la société, tandis que Diane cherchait à rassembler la formation la plus favorable à Laura.

Elle y avait longtemps réfléchi : qui serait le plus indulgent vis-à-vis de sa cliente ? Les femmes qui pourraient comprendre son calvaire, ou les hommes ? Diane misa sur ces derniers, considérant qu'ils pourraient vouloir exprimer une autre idée de la masculinité en réaction à la violence de David. César, qui avait compris où elle voulait en venir, décida donc de révoquer deux des profils masculins afin de rétablir un équilibre. Au final, c'étaient donc neuf jurés, cinq hommes et quatre femmes, qui allaient être désignés pour juger Laura en plus des trois magistrats professionnels.

César semblait satisfait de cette formation qui regroupait un panel disparate de la société avec des actifs comme des retraités, et divers horizons sociaux. Diane, elle, les observait. Il lui fallait découvrir sur qui elle allait pouvoir compter et qui serait récalcitrant. Elle leur adressa un sourire maîtrisé, séduisant et rassurant.

Le premier juré, qui aurait la lourde tâche de relayer la décision de ces apprentis juges, était un homme d'une trentaine d'années. Il ne semblait ni heureux ni malheureux d'être là, mais plutôt fatigué, puisqu'il venait de terminer le procès d'un père de famille incestueux. À sa droite, une femme âgée remontait pour la troisième fois ses lunettes sur son nez, elle avait visiblement le trac d'une débutante. Tous furent émus lorsque la présidente leur demanda de prêter serment.

« En application de l'article 304 du Code de procédure pénale, je jure et promets d'examiner avec l'attention la plus scrupuleuse les charges qui seront portées contre Laura Deramcourt ; de ne trahir ni les intérêts de l'accusée, ni ceux de la société qui l'accuse, ni ceux de la victime ; de ne communiquer avec personne jusqu'après votre déclaration ; de n'écouter ni la haine ou la méchanceté, ni la crainte ou l'affection ; de me rappeler que l'accusé est présumé innocent et que le doute doit lui profiter ; de me décider d'après les charges et les moyens de défense, suivant ma conscience avec l'impartialité et la fermeté qui conviennent à un homme probe et libre, et de conserver le secret des délibérations, même après la cessation de mes fonctions. »

Les jurés commençaient à entrevoir la charge qui allait être la leur. Lorsque l'huissier audiencier appela le reste des citoyens à quitter la salle, certains spectateurs choisirent de rester. Comment savoir si la publicité des débats étanche une soif malsaine ou aiguise une curiosité de la justice ? Laura, quant à elle, éprouvait des difficultés à soutenir ces regards braqués sur elle, certains ostensibles, d'autres furtifs. Elle se réconforta néanmoins dans celui de sa mère et de son père qui avait finalement eu le courage de venir. Ainsi soutenue, elle se sentait prête à être entendue.

Si le décor était planté, les protagonistes sélectionnés, restait à définir le déroulé du procès. Autrement dit, l'ordre dans lequel les sujets seraient présentés à la cour qui, à l'exception de la présidente, des avocats et du procureur, ignorait encore tout de l'affaire. Ce sont les seuls qui ont une connaissance préalable du dossier d'instruction. Les autres, jurés et magistrats assesseurs, auraient donc trois jours pour découvrir le dossier d'instruction et se faire une idée sur David Ramet, sa relation avec Laura Deramcourt, les faits et la personnalité de l'accusée afin de la juger. Si l'agencement peut sembler ne pas compter, il est en réalité déterminant tant la chronologie des exposés peut influer sur leur perception. A-t-on jamais entendu dire « la première impression est toujours la bonne » ? Quel thème est susceptible d'être le plus favorable à un accusé et à quel moment doit-il être développé ? Assurément pas celui des faits qui s'accompagne des images traumatisantes de l'autopsie et de la scène du crime, tandis que celui de la personnalité de l'auteur permet de trouver des circonstances atténuantes. Aussi Diane espérait-elle que l'audience se terminerait par Laura et sa relation avec David, point fort de sa défense comme dernière impression pour la formation de jugement. Mais ce n'était ni à elle ni à César d'en décider. Ce choix appartenait à la présidente de la juridiction. En la matière, il était impossible de prédire la décision de cette femme qui maîtrisait les débats autant que ses dossiers. Elle était aussi efficace qu'imprévisible, aussi tenace qu'à l'écoute. Depuis le démarrage de la session d'assises, elle n'avait jamais déroulé le même protocole, l'adaptant à chaque audience suivant sa perception du dossier d'instruction. À la fin de la journée, une fois les vérifications d'identité réalisées, la foule sortie, les jurés assermentés et installés, elle annonça le premier verdict du procès.

« Mesdames et messieurs de la cour, je vous remercie à nouveau de participer à l'œuvre de justice. Pour le bon déroulé de l'audience, je vous informe que nous évoquerons demain matin la victime, David Ramet, avant de parler durant l'après-midi des faits. Enfin, notre troisième et dernier jour d'audience sera consacré le matin à la personnalité de Laura Deramcourt, l'après-midi au réquisitoire du procureur et aux plaidoiries des avocats, avant que nous nous retirions pour délibérer. Vous êtes convoqués demain à 8 h 30 devant cette salle. L'audience est levée. »

Diane fut soulagée de cette annonce. C'était de bon augure pour sa cliente qu'elle alla rassurer et saluer avant qu'elle ne regagne la prison de Bapaume.

« C'est une bonne première journée d'audience. La formation de jugement est équilibrée et le déroulé de l'audience vous est favorable. Reposez-vous cette nuit, demain vous entrez en scène.

– Qu'est-ce qu'on fera si j'ai le trac ? »

Avant de la quitter, Diane posa une main sur le bras de Laura et lui fit un clin d'œil.

« Comme moi, vous improviserez. »

Laura quitta Saint-Omer l'esprit confus du trop-plein d'informations de la journée, mais avec le sourire. Les paroles de son avocate l'avaient rassurée et la présence de ses parents l'avait réchauffée. Déjà une journée de passée, plus que deux et elle serait fixée. Dans le fourgon qui la ramenait à sa cellule, elle imaginait tous les scénarios du vendredi suivant. Si elle était incapable d'en prédire l'issue, elle savait que le procès la transformerait. Le temps du trajet, elle se plut à y croire et à espérer.

César rejoignit Diane pour faire quelques pas. Ils voulaient prolonger l'expérience qu'ils étaient en train de vivre, partager leurs premières impressions.

« Avantage notable pour toi avec ce déroulé d'audience. Comment sens-tu les jurés ?

– Encore difficile à dire. J'ai vu deux femmes très nerveuses.

– Ne me dis pas. La dame âgée avec ses lunettes et celle plus jeune à gauche de la présidente ?

– Je tâcherai de me souvenir que tu es fin observateur.

– Même si je n'ai d'yeux que pour toi, je me dois de chercher qui seront mes atouts dans cette formation. Sans trahir ton secret professionnel, comment va ta cliente ?

– Difficile à dire, elle ne parle pas vraiment de ses émotions.

– Comme son avocate, tu veux dire ?

– Je préférerais encore te dévoiler les miennes que t'en dire plus sur Laura Deramcourt, car je sais que tout ce que je pourrais dire pourrait être retenu contre moi ou plutôt contre elle, mon cher avocat général.

– Très bien, voilà donc l'occasion unique de parler de toi, de nous.

– Ou de rien du tout ? Je n'ai pas ton aptitude à mener deux procédures de front. »

Dans la moiteur de cette fin de journée de juin, Diane et César flânèrent dans le parc public de Saint-Omer. Les derniers rayons de soleil baignaient de lumière ce jardin à la française. Ils s'installèrent près d'une cascade qu'ils trouvaient apaisante. Jamais ils n'auraient deviné le passé militaire du lieu – c'était un ancien fort et des douves. Comme eux, cet endroit avait vécu la tempête avant le calme.

Ils s'assirent dans l'herbe, César sortit le roman qu'ils avaient décidé de lire ensemble, *Plonger* de Christophe Ono-dit-Biot. Il fit la lecture à Diane qui somnolait tout contre lui.

« Je sais que j'ai plongé et replongé dans le moindre des interstices de son corps aux ressources infinies. Je l'ai bue jusqu'à la lie, les lèvres dans les siennes, brûlantes, je me suis engouffré dans son obscurité... »

Les paroles de César étaient une mélodie lointaine qui accompagnait les coups d'œil que Diane lui jetait. La lumière glissait entre ses doigts lorsqu'il tournait les pages. Sa chemise entrouverte laissait apparaître la force et la beauté de son cou. César s'arrêta un instant pour observer Diane à son tour. Il ne désirait rien tant que l'étreindre et la garder ainsi pour toujours. Comme Paz, l'héroïne de *Plonger*, Diane n'était peut-être qu'une étoile filante. Ils eurent du mal à sortir de leur bulle, surtout après une après-midi d'assises. Sans un baiser mais avec un regard qui en valait mille, ils se quittèrent pour redevenir adversaires.

Chapitre 22

Diane était arrivée tôt pour ce deuxième jour d'audience. Elle avait demandé à ce qu'on lui ouvre la salle pour s'y installer. C'était un besoin de s'approprier l'espace, de savoir où se positionner afin de créer une proximité avec les jurés. Le langage du corps est parfois bien plus parlant que les mots. Un regard croisé, un bras porté vigoureusement vers le haut, un demi-tour, autant de gestes qui interpellent la cour.

Mais Diane ne cherchait pas à se mettre en scène. Elle tenait à ce que sa gestuelle traduise sa détermination pour emporter la conviction. Ainsi, dans cette salle vide et silencieuse, elle se laissait porter par son corps. Son regard s'attarda longtemps sur la décoration, la hauteur du plafond, la luminosité, la raideur des bancs ou l'habillage bourgeois des sièges. Tout dans cette pièce devait incarner la justice. Mais qu'est-ce que la justice ? Des mots dans un espace ? Des femmes et des hommes qui n'ont en commun que leur état civil et qu'on rassemble dans un lieu pour décider de la vie d'un de leurs pairs ?

Diane ferma les yeux, et le vertige de la décision à venir la saisit. Et si elle perdait ? Le terme était-il d'ailleurs approprié ? Qu'avait-elle à perdre ? Son orgueil, sa réputation d'avocate ? Rien en comparaison de Laura, qui repartirait peut-être de cette salle pour être enfermée durant les vingt prochaines années. Diane sentait ses épaules se voûter sous la pression.

Son idéal de justice, voilà ce qu'elle avait à perdre. Elle craignait que la cour ne regarde Laura comme une simple meurtrière, non comme un dommage collatéral. Il lui semblait comprendre enfin le véritable enjeu de ce procès. Celui de la reconnaissance par la justice des silencieux dont les cris sont étouffés par la porte de leur foyer. En 2016, suivant les statistiques du ministère de l'Intérieur, 28 femmes étaient coupables d'homicide sur leur partenaire, dont 17 reconnues victimes de violences conjugales, et 123 femmes étaient tuées par leur conjoint. Des chiffres qui étaient le reflet d'un vieil héritage culturel déséquilibré que même le droit français avait cautionné. Jusqu'en 1975, le caractère passionnel pouvait constituer une circonstance atténuante. Suivant l'ancien article 304 du code pénal de 1810, le meurtre commis par l'époux sur sa femme était excusable sous certaines conditions, telles que la découverte d'un adultère au domicile conjugal. Évidemment, les femmes étaient exclues du bénéfice de cet article. Depuis l'abrogation de ce texte, combien de procès Cantat ou Sauvage ?

Alors, Diane espérait que cette audience soit celle de la reconnaissance. Un juste retour des choses après la défaillance de l'institution vis-à-vis de Laura et de David. Cette fameuse justice qui protège ! Si cela avait été le cas, David serait peut-être en prison à l'heure actuelle, mais au moins serait-il en vie, tandis que le box des accusés de la cour d'assises de Saint-Omer serait vide.

Lorsque la cloche sonna, on fit entrer la cour et Diane se leva pour saluer l'œuvre de justice.

Chapitre 23

La présidente de la cour inaugura le deuxième jour du procès en parlant de David. L'occasion de voir défiler à la barre des témoins venus évoquer sa personnalité. Quelle curiosité que ces témoignages posthumes ! La mémoire serait-elle sélective ? Comme si le décès parait un homme de toutes les qualités, un exercice difficile que de décrire un mort aux vivants !

Quarante ans, un mètre quatre-vingt-cinq, soixante-dix-huit kilos, cheveux noirs, yeux marron, type européen, une cicatrice sur le poignet gauche. La description biologique de David ne souffrait d'aucune polémique.

Aussi vrai qu'on ne condamnait pas un accusé sur une peine mathématique, on n'instruisait pas le procès d'une victime à partir d'une poignée de chiffres. C'était donc à travers les récits de ses proches que la cour allait découvrir qui était David. Sa mère fut la première à prendre la parole. À la barre, spontanément, elle déclara :

« Vous savez, mon fils est un homme bien ! »

La présidente l'interrogea :

« Merci, madame, mais pourriez-vous me parler plus précisément de l'enfance de David, de sa vie, de son rapport aux autres ? »

Il fut décrit comme un enfant turbulent mais gentil. Un adulte sociable, en proie aux conflits avec les autres. Un homme travailleur malheureusement au chômage de longue durée. Dans cette présentation, si flatteuse soit-elle, il y avait un décalage entre le David fantasmé et le David réel. Lui-même avait eu conscience qu'il n'était pas l'homme qu'il aurait rêvé d'être. L'ambivalence, c'était le mot qui le caractérisait le mieux. À entendre sa mère, David était capable du meilleur comme du pire. Elle se rappelait qu'à l'école il avait été félicité de son comportement vis-à-vis des enseignants avec qui il se montrait respectueux, et puni pour son attitude vis-à-vis de ses camarades qu'il harcelait. À la maison, il pouvait être aussi attentionné et serviable avec sa mère qu'exécrable avec sa sœur dont il était jaloux, estimant que ses parents étaient trop permissifs avec elle. Manifestement, David avait le sens des situations, il savait se faire apprécier de l'autorité autant qu'il pouvait se montrer violent avec les plus faibles que lui.

Sa mère esquissa un sourire en se souvenant de son adolescence :

« Mon fils, c'était un séducteur. Faut voir les belles filles qu'il nous ramenait à la maison. Il savait y faire, il leur parlait bien, il me piquait des sous pour les emmener au cinéma. Elles étaient toutes folles de lui. Il était gentil avec elles, comme avec moi, il m'aidait à la maison quand j'avais besoin pour réparer des trucs et que son père n'était pas là. C'était un garçon doué de ses mains. À ce moment-là, les études, ça marchait moyen, alors à quinze ans il a voulu arrêter le collège pour faire un CAP mécanique, vu qu'il avait toujours aimé les belles bécanes, comme il disait. Il était très motivé au départ et son maître d'apprentissage était content de lui. Puis David s'est senti à l'aise, un peu trop peut-être, il a commencé à donner son avis sur tout, à se prendre la tête avec le patron, au point qu'il a fini par se faire virer. Mon fils, c'était un gars honnête qui était fier de dire tout haut ce que les autres pensent tout bas. Le problème, c'est qu'il a toujours eu un penchant pour la drogue, l'alcool ou les cigarettes, et quand il était sous l'effet d'une substance ou en manque, il pouvait devenir agressif si on n'était pas d'accord avec lui. Après ça, il a fait des petits boulots à droite à gauche pour gagner son pain parce qu'on ne pouvait pas tout lui payer. Il était débrouillard, il parlait bien, alors il finissait toujours par trouver un travail. David a fait des réparations dans un autre garage, puis il a vendu des panneaux solaires, des adoucisseurs d'eau… Il était doué pour vendre et convaincre, mais souvent ça se terminait à cause d'un problème relationnel avec ses collègues ou son chef. Niveau filles, c'était pareil : il en changeait régulièrement jusqu'à Chloé puis Laura avec qui il est resté longtemps. Elles, il disait qu'il les aimait vraiment bien. Au début, avec Laura, je le voyais heureux, il buvait moins. Avec son père, on se disait que cette fois c'était la bonne. Puis il a replongé et il a mis de la distance avec nous. Il disait qu'on préférait sa sœur à lui. Mais moi, je l'aimais mon fils, et maintenant j'ai plus rien. Mon mari n'a pas supporté sa mort. Sûr que son cancer, il est venu de là ! »

Après cette présentation, et comme il était d'usage, la présidente invita les avocats à poser des questions à la mère de David. Celui de la partie civile parla le premier.

« Il vous manque, votre fils ?

– Si vous saviez, maître, chaque jour depuis sa mort. »

Diane prit ensuite la parole.

« Madame, permettez-moi de vous demander de préciser votre propos. Vous indiquez qu'il vous manque depuis sa mort, or David est décédé au mois de septembre 2015. Pouvez-vous indiquer à la cour quand vous l'aviez vu pour la dernière fois ?

– C'était le 1er janvier 2014.

– Donc on peut considérer qu'il vous manquait déjà de son vivant puisque vous ne le voyiez plus ? D'ailleurs, pouvez-vous préciser pourquoi au tribunal ? »

Un rictus étira les lèvres de César. La mère de David, quant à elle, ne sembla pas comprendre où l'avocate voulait l'amener. Impressionnée par le cadre de cette salle, la robe de l'auxiliaire de justice qui se tenait non loin, elle répondait naïvement sans mesurer l'impact de ses mots.

Même si l'exercice était inconfortable et périlleux pour Diane, elle était contrainte de bousculer la mère de David pour la pousser à révéler l'entièreté de la personnalité de son fils. S'il était toléré qu'on malmène le mis en cause à la barre, c'était beaucoup plus délicat lorsqu'il s'agissait d'une victime. Aussi César admirait-il l'habileté avec laquelle Diane parvenait à faire parler le témoin sans avoir l'air trop offensive ou insensible aux yeux de la cour.

« Je ne le voyais plus parce qu'à la fin d'un repas de famille arrosé, le soir du nouvel an 2013, il s'était battu avec sa sœur et avait essayé de l'étrangler. Son père et moi, on lui a dit qu'il était allé trop loin, ce qui l'a vexé, et il n'a plus voulu venir après.

– Pourriez-vous m'indiquer l'origine de la cicatrice qui se trouvait sur la main de votre fils ?

– Ben, comment dire, quand il a eu dix-huit ans et que son père lui a dit qu'on ne pouvait pas lui acheter une voiture, il s'est mis en colère. Il a bousculé mon mari et l'a projeté au sol sur la table basse en verre. Elle a explosé et il s'est blessé la main gauche à ce moment-là.

– Merci, madame, pour ces précisions. Vous avez déclaré à la cour que votre fils est un homme bien. C'est quoi, pour vous, un homme bien ? Un homme gentil, attentionné, qui prend soin des autres, de sa famille ?

– Oui, c'est ça.

– Au regard de ce que vous m'avez dit sur les violences que David a commises à l'encontre de sa sœur et de son père, et sur le fait que votre fils ne se soit pas occupé de vous depuis 2014, pouvez-vous confirmer à la cour que David était un homme bien ?

– Ben... je suis sa mère, aussi.

– Je n'ai pas d'autre question. »

L'avocat de la partie civile foudroya Diane du regard tandis que César sourit. L'un comprenant qu'elle ne lâcherait rien, l'autre se délectant de la voir toujours aussi combative.

Les témoignages des membres de la famille, des voisins se succédèrent pour tenter de dresser le portrait de David. Dans chaque tête baissée, dans chaque mouvement de bras crispé à la barre, on pouvait lire la gêne des personnes amenées à témoigner. Car tout le monde savait. Pire, tous avaient pensé qu'un jour ils devraient leur présence au tribunal à David, non à Laura, tant la violence était devenue son mode d'expression préféré. Frustré de n'avoir pas fait d'études, jaloux de la réussite d'autrui, galvanisé par une consommation d'alcool excessive, David jouait de ses poings, seul sport pour lequel il se sentait doué. Frapper, humilier lui donnait l'impression d'exister. Au fur et à mesure des témoignages, la cour comprit que David, comme Laura, avait fait une sortie de route. Il s'en était fallu de peu pour qu'il reste l'homme bien décrit par sa mère, cet homme serviable, séducteur, passionné de mécanique. Si le curseur de sa vie avait penché en faveur d'une dépendance moindre et d'une réussite professionnelle accrue, peut-être serait-il toujours en vie.

Après ce descriptif, chacun dans la salle commença à comprendre comment il avait pu plaire à Laura. Son profil affable, aimable, fragile, dont Chloé, son ancienne petite amie, allait justement leur parler. La présidente lui demanda de décrire sa rencontre et sa relation avec David.

« Nous nous sommes rencontrés à l'hôpital en 2011, j'étais élève infirmière et il venait se faire soigner pour une plaie à la tête. Lors de l'examen, il m'a expliqué avoir été blessé en défendant une femme en boîte de nuit. Je l'ai tout de suite trouvé gentil et courageux.

« Le lendemain, il est revenu à l'hôpital m'apporter des fleurs pour me remercier. Pendant deux semaines, je l'ai croisé à la sortie. Il disait travailler dans le coin. Il était toujours gentil et prévenant. Un jour, je l'ai vu triste, et il m'a appris qu'il avait perdu son travail à cause de son employeur qui avait mal géré l'entreprise. Je lui ai proposé qu'on aille boire un café pour se changer les idées et c'est comme ça que notre histoire a commencé. Elle a duré trois ans et nous nous sommes séparés trois mois avant qu'il rencontre Laura.

« Au début, c'était magnifique, je croyais que c'était le bon. Il me disait qu'il allait prendre le temps de retrouver un bon travail mais qu'en attendant il allait s'occuper de moi parce que j'avais beaucoup à faire à l'hôpital. Il s'est vite installé chez moi. Même s'il m'aidait de moins en moins, j'aimais sa compagnie, qui me changeait du quotidien du boulot. Il me parlait de l'actualité – il adorait regarder les chaînes d'information en continu durant la journée.

« Au fil des mois, comme il ne retrouvait pas d'emploi, il est devenu de plus en plus autoritaire avec moi. Je ne devais plus fréquenter personne d'autre que lui. De toute façon, il venait me chercher systématiquement à l'hôpital. D'ailleurs, il m'a appris qu'au début de notre rencontre il n'avait jamais travaillé dans le coin mais qu'il faisait des rondes et trouvait des prétextes pour venir me voir. Il me faisait de plus en plus peur mais je n'osais pas en parler.

« Puis, un soir, après les menaces, la pression, une première gifle. Dès le lendemain, il s'est excusé, m'a apporté des chocolats et invitée au restaurant. Il a payé l'addition avec notre compte joint que j'alimentais seule. Je sentais au fond de moi qu'il fallait que je le quitte mais j'en étais incapable parce que je l'aimais, ou en tout cas je croyais l'aimer. Durant les deux années qui ont suivi, il m'a régulièrement battue, contrainte sexuellement, humiliée. »

À ces mots, Chloé interrompit son récit et se mit à pleurer. Diane ainsi que la cour tentèrent d'interpréter ses larmes. Il ne s'agissait pas de larmes de tristesse, mais de colère et de rage.

« J'en pleure, parce que je m'en veux. D'avoir accepté ça, l'avoir laissé faire, m'être tue et ne pas avoir prévenu Laura quand elle l'a rencontré. Au printemps 2013, mon voisin m'a trouvée inconsciente dans mon appartement. J'ai été transportée à l'hôpital dans lequel je travaillais. Au-delà de la douleur, je me sentais surtout honteuse que mes collègues me voient dans cet état. Ce jour-là, le chef de service, que je considérais un peu comme mon père, m'a demandé de porter plainte. J'ai refusé par peur des représailles, pour ma réputation. Qu'allaient penser les gens de cette pauvre fille qui avait accepté de se faire taper dessus depuis deux ans ? Je lui ai fait promettre de ne rien dire, et en échange il m'a fait jurer de quitter David et de ne jamais le revoir. Je lui en ai fait le serment, et il a appelé David en lui disant de ne plus s'approcher de moi, faute de quoi il le dénoncerait à la justice. David a senti le vent tourner et il a quitté l'appartement. S'il ne me craignait pas, ni moi ni les femmes en général, David était effrayé par les hommes d'autorité. Alors, il n'a pas défié mon chef de service, en tout cas pas de front. Je le voyais seulement rôder systématiquement dans mon périmètre de vie et j'attendais avec angoisse le moment où il allait me sauter dessus. Et puis, en juillet 2013, plus rien. J'ai appris qu'il avait une nouvelle compagne, Laura. J'ai hésité à la prévenir. Finalement, je n'ai pas osé. J'ai tout gardé pour moi, pensant que c'était la meilleure des choses à faire pour oublier. »

À la fin de ses déclarations, César l'interrogea :

« Pouvez-vous expliquer à la cour pourquoi vous n'avez jamais déposé plainte contre David Ramet ?

– Aujourd'hui plus que jamais je me le demande. D'autant que, si je l'avais fait, on n'en serait peut-être pas là maintenant. Mais à l'époque c'était différent. C'est difficile d'expliquer ce que je ressentais car tout se mélangeait : l'amour, la jalousie, la peur, la possession, la soumission, la passion. Avec David, c'était comme une fête foraine, il y avait des hauts à la hauteur des bas. Parfois c'était grandiose alors j'oubliais tout, parfois c'était terrible mais je me disais que ça allait remonter. Je m'étais habituée à cette vie cyclique qui me grisait autant qu'elle m'épuisait. À force, je n'avais plus les ressources mentales pour agir et je ne pouvais compter sur personne puisqu'il m'avait isolée de tous. »

César remercia Chloé et se rassit en jetant un coup d'œil à Diane. Il savait qu'il venait de lui ouvrir une brèche et s'attendait à ce qu'elle s'y engouffre. Dans cette audience, il n'était pas réellement l'adversaire de Diane. Certes, c'était lui l'accusateur et elle la défense, mais il avait besoin pour préparer ses réquisitions, comme la cour son jugement, de comprendre David Ramet et sa relation aux femmes. Seul moyen à son sens de proposer une peine adaptée et de rendre la justice. Contrairement à la première impression qu'il avait faite à Diane, César n'était donc pas un robot abreuvé de paperasse qui réclamait l'application de toute la loi et rien que la loi.

Depuis le début du procès, il faisait preuve d'instinct et d'humanité, ce qui le rendait d'autant plus attirant et dangereux aux yeux de Diane. Elle le trouvait profond et pertinent. Et ce n'était pas la seule, les jurés aussi. À chacune de ses interventions, ils l'écoutaient avec attention et hochaient la tête, conquis. Diane, qui devait prendre la parole après lui à la fin de l'audience, comprenait qu'il lui faudrait être vigilante sur ce point. Il était probable que des jurés soient séduits de suivre en tout point son argumentaire, surtout si César continuait à se montrer ferme mais nuancé. Comme dans sa vie privée, Diane allait donc devoir composer sa plaidoirie avec lui.

Avant que la présidente ne libère Chloé, Diane lui posa une dernière question dans le prolongement de celle de César.

« Vous avez expliqué les raisons pour lesquelles vous n'avez pas déposé plainte, permettez-moi de vous demander si vous aviez réfléchi, souvent ou jamais, à la manière dont votre histoire avec David Ramet aurait pu se terminer. Souhaitiez-vous d'ailleurs qu'elle ait une fin ?

– Je savais que ça se terminerait mal. Comment est-ce qu'il aurait pu en être autrement ? Je le pressentais et pourtant je n'ai rien fait. J'étais tétanisée, j'avais l'impression d'être dans une voie sans issue autre que la mort évidemment. La mienne ou la sienne, dans ma tête, j'avais déjà envisagé les deux scénarios. Alors oui, il aurait pu me tuer comme j'aurais pu le faire. »

Après un temps de silence, entrecoupé de nouvelles larmes, Chloé baissa la tête. Elle semblait honteuse d'avoir osé révéler sa vérité. Elle demanda à la présidente l'autorisation de faire une ultime déclaration. Contre toute attente, ce ne fut pas à la cour qu'elle s'adressa mais à Laura.

« Pardon d'avoir été lâche, de vous avoir laissée tomber dans le même piège. Vous êtes ici sans doute en partie à cause de moi, de mon silence et de mon inaction, tandis que grâce à vous j'ai enfin retrouvé le sommeil, car je sais maintenant qu'il ne pourra plus jamais blesser personne. »

Le bruit de la souffrance de ces femmes fracassa la salle d'audience.

Chapitre 24

Après le portrait de David vint le moment d'évoquer les faits. La présidente rappela à la cour les chefs de poursuite à l'encontre de Laura.

« Comprenez, mesdames et messieurs les jurés, que l'homicide se définit comme l'action de donner la mort à quelqu'un. Il vous appartiendra, à l'issue de cette audience, de déterminer si Laura Deramcourt est ou non coupable d'homicide. »

Donner la mort à quelqu'un, quelle formule surprenante ! Comment pouvait-on donner à quelqu'un sa propre mort ? La mort n'était-elle pas la seule chose qui nous appartenait réellement ? Peut-être était-ce cela, le véritable crime ? Se faire déposséder de son droit de vivre, ou subtiliser celui de mourir. Certains pourraient y voir un cadeau, l'opportunité d'être libérés du poids de la vie ou à tout le moins d'en libérer les autres. À en croire le témoignage de Chloé, l'ex-compagne de David, peut-être la formule faisait-elle sens.

Avant toute chose, la présidente informa la cour et les parties civiles de ce qui allait suivre.

« Vont se succéder à la barre le médecin légiste et les gendarmes qui sont intervenus sur les lieux et pendant la garde à vue. Il s'agit pour tous d'un moment difficile mais crucial. Je compte sur votre attention et votre calme afin de ne pas perturber les débats. »

Sérénité et autopsie, bel antagonisme. Pouvait-on se préparer à voir l'horreur, pas celle que l'on imagine mais celle qui s'affiche froidement, au point que l'on peine à y croire ? Tout a l'air si figé et exagéré, des expressions du cadavre à l'effusion du sang. Pourtant, une fois encore, il faudrait s'y atteler sans détourner le regard. Comme s'il fallait le voir pour le croire. Les yeux dans les yeux avec la mort.

Malgré leurs années d'expérience, Diane comme César ne s'étaient jamais habitués à ce moment, celui où les visages se décomposent en découvrant la scène de crime. Certaines victimes hurlent leur douleur tandis que des jurés peinent à cacher leur émotion. Leurs chaises se reculent, et les têtes se baissent sur les notes, comme pour se raccrocher à quelque chose de tangible, connu, vivant.

À la fin du discours de la présidente, Diane remarqua la nervosité de Laura, qui s'était figée en entendant les mots « projection de la scène de crime et de l'autopsie », terrifiée à l'idée de se confronter à ces images. Diane quitta le banc de la défense pour se rapprocher de sa cliente, qu'elle savait isolée dans le box des accusés. Là, à cette place, elle était à la portée de tous les regards inquisiteurs. Alors, en guise de bouclier, Diane s'assit juste devant elle, pour lui signifier qu'ensemble elles feraient front. Laura était troublée que son avocate puisse lire ainsi en elle, comme si leur connexion se renforçait chaque jour un peu plus, à la hauteur de l'épreuve qu'elles vivaient.

César les jaugeait toutes deux. Il aurait aimé être capable de déchiffrer leurs expressions pour condamner et aimer avec justesse. Lors de cette audience, où le temps comptait double, il avait eu le sentiment d'en découvrir plus sur elles qu'après des mois d'instruction ou d'échanges. La Laura du tribunal lui semblait plus complexe que celle de papier, fragile, serviable et infantilisée. La Diane de l'audience, une louve protectrice et une idéaliste acharnée. Petit à petit, les deux jeunes femmes étaient en train de lever ses doutes sur ses réquisitions et ses choix. Bientôt, il serait prêt.

La présidente appela à la barre le médecin légiste.

« Docteur, pouvez-vous expliquer aux membres de cette cour les causes du décès de M. Ramet ?

– Mesdames et messieurs les jurés, j'ai été mandaté par le juge d'instruction le 12 septembre 2015 afin de procéder à l'autopsie de M. Ramet. J'ai pu constater que cet homme de quarante ans ne souffrait d'aucune pathologie et qu'il n'avait pas d'antécédent médical. Comme l'usage l'exige, j'ai examiné chacun des organes vitaux de la victime afin de déterminer les causes de la mort. Le corps de David Ramet présentait une plaie unique au niveau de la carotide. Cette lésion, qui a généré une hémorragie cataclysmique, a provoqué l'arrêt cardiaque et le décès immédiat de David Ramet. »

Avant qu'il ne poursuive son examen, la présidente lui demanda :

« Docteur Rep, pouvez-vous me confirmer que cette blessure a pu être causée par le couteau placé sous scellé qui se trouve devant vous ? »

L'huissier présenta au médecin légiste et aux membres de la cour l'arme que tenait Laura Deramcourt entre ses mains au moment de son interpellation. Il s'agissait d'un banal couteau de cuisine, au manche en bois, à la lame dentelée, maculée de sang séché.

« Affirmatif, madame la présidente. La dimension de la lame correspond à la taille de la blessure présente au niveau de la gorge de M. Ramet. »

Puis ce fut le tour de César de lui poser une question.

« Docteur, pouvez-vous m'indiquer si un coup unique porté à la gorge suffit à provoquer le décès immédiat, autrement dit s'il faut considérer que le cou est une zone vitale ?

– Absolument. Anatomiquement, la gorge est composée du larynx, du pharynx, de l'os hyoïde, des artères carotides et des veines jugulaires. Elle est donc particulièrement innervée, de sorte que lorsqu'on y porte un coup, cela provoque aussitôt, comme pour David Ramet, une hémorragie cataclysmique. Ce terme médical signifie une effusion abondante de sang qu'il est extrêmement difficile d'arrêter et pouvant entraîner une détresse respiratoire ou un arrêt cardiaque. »

Diane et la présidente comprirent sur-le-champ où César voulait en venir. Il comptait faire entendre aux membres de la cour que Laura avait volontairement touché une zone vitale, caractérisant ainsi son intention de tuer David Ramet.

Depuis qu'elle avait aperçu le couteau, Laura s'était recroquevillée sur son siège, cherchant désespérément une échappatoire à laquelle se raccrocher pour ne pas flancher. Elle se concentra sur des choses futiles pour tenir – le fil qui était en train de se découdre de sa manche, l'une des lattes plus foncées du parquet, ou encore le clignotement du néon au-dessus de sa tête. Elle finit par croiser le regard de Diane, seul réconfort qu'elle put trouver dans cette salle. Même ses parents étaient atterrés.

L'officier de police judiciaire Lestangue fut ensuite appelé à la barre. Comme il était arrivé le premier sur les lieux, la présidente lui demanda d'éclairer la cour sur ses constatations.

« Le 11 septembre 2015, nous nous sommes rendus au domicile de David Ramet à Stella à la suite d'un appel de sa compagne Laura Deramcourt. Cette dernière, en pleurs, nous demandait de venir l'aider, car elle venait de poignarder son compagnon. Elle nous a indiqué avoir appelé le SAMU. Nous connaissions son adresse pour nous y être déjà déplacés en raison d'un appel des voisins signalant des violences conjugales. Une fois sur place, nous avons constaté le décès de David Ramet. Son corps était allongé dans la cuisine. »

La présidente interrompit alors l'officier Lestangue pour demander la projection des photos du lieu et du cadavre. Le cri de la mère de David transperça la salle d'audience, tandis que Laura éclatait en sanglots, les images étant insoutenables pour elle. Tout le travail qu'elle avait effectué ces derniers mois en essayant de chasser ses cauchemars venait de se voir balayé. La mort la regardait en face, tout comme pesaient sur elle les dizaines de paires d'yeux soucieuses de comprendre sa réaction.

« Monsieur Lestangue, me confirmez-vous qu'il s'agit bien du domicile de David Ramet et de la scène que vous décrivez ?

– Oui, madame la présidente, ces clichés ont été réalisés lors de notre arrivée au domicile de la victime. Comme vous pourrez le constater, les aveux de Laura Deramcourt correspondent à nos constatations, puisque nous avons relevé une plaie au niveau de la carotide de David Ramet. Par la suite, lors de l'autopsie, le docteur Rep nous a confirmé que cette plaie avait déclenché une hémorragie cataclysmique entraînant le décès immédiat de M. Ramet.

– Monsieur Lestangue, pouvez-vous nous décrire Laura Deramcourt lorsque vous et vos collègues êtes arrivés sur les lieux ?

– Quand nous nous sommes rendus sur les lieux, à Stella, Mme Laura Deramcourt n'était pas présente. Nous l'avons retrouvée à proximité du domicile, en train de divaguer sur un chemin communal. Ses vêtements étaient ensanglantés, ses yeux hagards, elle pleurait et bredouillait des mots incompréhensibles. Elle tenait dans sa main un couteau. Elle était secouée de spasmes et semblait manifestement en état de choc. Nous l'avons interceptée sans difficulté puis nous l'avons placée en garde à vue. Le médecin de garde a alors constaté la présence de nombreuses ecchymoses sur ses bras, son ventre et ses jambes, ainsi que des traces de brûlures de cigarette sur ses fesses. Lors des interrogatoires, Laura Deramcourt a tout de suite avoué le meurtre de son compagnon David Ramet. Elle n'a jamais nié ni minimisé son implication.

– Merci, monsieur Lestangue. Il y a un point que nous souhaiterions éclaircir avec la cour : pouvez-vous me confirmer qu'avec vos collègues, durant l'instruction et en présence de Mme Deramcourt, vous avez procédé à une reconstitution de la scène de crime ?

– En effet, nous sommes allés dans la cuisine du couple. Laura Deramcourt se tenait à sa place, dans la cuisine, avec un faux couteau, tandis que mon collègue Ulliel jouait le rôle de M. Ramet – ils sont de taille et de corpulence similaires.

– Bien, poursuivez. Quelles constatations avez-vous tirées de cette reconstitution ?

– Il apparaît que Mme Deramcourt mesure un mètre soixante-cinq, contre un mètre quatre-vingt-cinq pour David Ramet. Elle était face à l'évier, en train de découper des courgettes, et son compagnon se tenait dans son dos à environ quatre-vingts centimètres d'elle. »

La présidente l'arrêta un instant, afin qu'il décompose bien ses explications pour les jurés.

« Monsieur Lestangue, est-ce à dire qu'en se retournant simplement vers lui, le couteau à la main, Mme Deramcourt a atteint son concubin à la carotide ?

– Non, madame la présidente. Si tel avait été le cas, vu la différence de gabarit, David Ramet aurait été touché à l'abdomen. Or, comme le légiste vous l'a indiqué, il est décédé d'une plaie à la gorge. Ce qui veut dire que Mme Deramcourt s'est retournée puis a porté un coup de couteau à la verticale, atteignant la gorge de M. Ramet.

– Monsieur Lestangue, dernière question. Pouvez-vous me confirmer qu'une procédure était ouverte contre David Ramet ?

– Affirmatif. Il était défavorablement connu des services de la gendarmerie pour des faits de violences volontaires sur sa compagne, Laura Deramcourt. Nous lui avions délivré une convocation au tribunal correctionnel pour une audience en date du 13 octobre 2015. »

Ainsi, Laura avait survécu aux multiples coups de David qui, lui, avait péri de l'unique acte de violence de Laura. Avant que l'officier ne quitte la barre, Diane l'interrogea. Par leurs questions, la présidente et César avaient posé l'action. Il lui fallait faire préciser le cadre qu'elle savait à son avantage.

« Monsieur Lestangue, vous qui vous êtes rendu au domicile du couple deux fois, pourriez-vous le décrire à la cour ?

– Il s'agissait d'un pavillon assez ordinaire avec un jardinet autour situé à Stella. On pouvait voir qu'il était plutôt joli mais très mal entretenu. À l'extérieur, il y avait des pièces automobiles qui traînaient au milieu des ronces. À l'intérieur, même s'il y avait beaucoup de fenêtres, il faisait très sombre car les volets étaient baissés. Je me rappelle avoir été saisi par le contraste entre la lumière qu'il faisait encore dehors ce 11 septembre en fin de journée quand nous sommes arrivés et l'obscurité qui régnait dans le logement. Nous ne savions pas si c'était Laura Deramcourt qui les avait baissés après avoir commis son forfait, alors nous avons interrogé les voisins. Ils nous ont déclaré que les volets étaient toujours fermés, que la maison semblait tout le temps close. Ils nous ont précisé être agacés par les détritus laissés dans le jardin et s'en être ouvert à David Ramet qui les avait vertement renvoyés chez eux. Après cela, ils n'ont plus jamais osé faire de remarque.

« Dans la maison, l'odeur était insoutenable, un mélange de tabac froid et de restes alimentaires non jetés qui prenait à la gorge, surtout dans la cuisine. On aurait presque dit un lendemain de fête, avec des bouteilles d'alcool vides,

des poubelles éventrées, des cendriers qui débordaient et le sol qui collait sous nos pieds. La cuisine était la pièce la plus sombre, totalement fermée, avec un éclairage défaillant. Seules deux ampoules jaunes sur les cinq du plafonnier fonctionnaient. Je me rappelle qu'on avait du mal à avancer tellement, pardonnez-moi l'expression, il y avait de "bordel".

« Nous avons fait un tour complet de toutes les pièces. Ç'a été rapide car la maison était petite. Au rez-de-chaussée vous aviez la cuisine-salle à manger, à côté un salon, et à l'étage deux chambres et une salle de bains. L'une des deux chambres était remplie des affaires de M. Ramet – des posters de moto, du matériel audio ou télé, des habits –, tandis que l'autre était la chambre conjugale. Nous avons constaté la saleté des draps, la présence de taches de sang, que nous avons fait analyser et qui correspond à celui de Laura Deramcourt. Dans le placard, nous avons trouvé ses habits, ceux de M. Ramet, et aussi des objets sexuels, des menottes, une barre d'écartement, un paddle, un martinet dont Laura Deramcourt nous racontera qu'ils étaient régulièrement utilisés par son compagnon sans son consentement.

– Merci, monsieur Lestangue. En un mot, comment décririez-vous cet endroit ?

– Lugubre.

– En une expression, comment décririez-vous ce que vous avez ressenti en y entrant ?

– Au secours. »

Après cette dernière réponse, un long silence se fit entendre. Volontairement, la présidente ne reprit pas tout de suite la parole. C'était sa manière d'imposer un temps de recueillement et de susciter le questionnement. Ce moment devait permettre à chacun – famille de la victime, jurés, avocats, Laura – de digérer les images, les récits et de s'interroger sur les motivations de l'accusée. Avait-elle eu l'intention de tuer David Ramet ce 11 septembre dans leur cuisine ? Pourquoi avait-elle levé le bras vers la gorge de son compagnon au lieu de simplement le repousser ?

Diane commençait à percevoir les impressions des jurés à travers l'expression de leur visage. Il lui fallait savoir sur qui elle pourrait s'appuyer et qui elle devait convaincre pendant sa plaidoirie. Une fois que les jurés se retiraient pour délibérer avec les magistrats professionnels, il y avait un long temps d'échanges avant de voter pour la décision. Suivant les personnalités des jurés – introvertis, leaders –, se dégageaient toujours des relais d'opinion, les maillons forts qui tenteraient de convaincre les autres du bien-fondé de leur opinion. C'étaient eux que Diane devait détecter pour les rallier à la cause de Laura.

Ses yeux se posèrent d'abord sur une femme vêtue d'un pull rouge, assise face au box de Laura, à proximité du bureau de César. La jeune femme semblait bouleversée et timide. Elle s'efforçait de cacher le mouchoir avec lequel elle avait essuyé ses larmes, notamment lors des déclarations de Chloé. Diane sentit qu'elle pourrait compter sur elle durant les délibérations plutôt que sur la femme âgée à gauche du premier juré. Elle s'était émue lorsque la mère de David avait pris la parole, s'imaginant sans doute la perte d'un enfant ou d'un petit-enfant. Diane avait également aperçu lors de la projection de l'autopsie le mouvement de recul et l'œillade appuyée à Laura qu'avait lancée l'homme d'un cinquantaine d'années situé à proximité de la présidente. Enfin, elle avait scruté avec attention le premier juré, qu'elle identifia comme relais d'opinion à convaincre en priorité.

Ce jeune homme s'était montré particulièrement attentif au récit de l'officier Lestangue sur la reconstitution de la scène de crime, la place de David et Laura dans la cuisine, et la différence de gabarit entre eux. Contrairement à d'autres, il avait acquis de l'expérience lors du précédent dossier de la session d'assises, ce qui était de nature à influencer les primo-jurés. Par ailleurs, il faisait partie des rares personnes à avoir pris autant de notes durant les deux premiers jours d'audience. Nul doute qu'il s'en servirait pour étayer son propos lors du délibéré. À ce stade, sa conclusion était encore difficile à prédire pour Diane, même si elle avait remarqué que jamais il n'avait regardé Laura, comme si elle n'existait pas à ses yeux. Diane comprit qu'il lui faudrait à tout prix incarner la jeune femme dans sa plaidoirie pour qu'il prenne la mesure de la dimension humaine de cette affaire et de la souffrance qui en résultait, au lieu qu'il se contente de juger un geste.

L'ambiance dans la salle se faisait de plus en plus pesante et sombre. Des pleurs entrecoupèrent le moment de silence imposé à tous par la présidente. Les regards se tournèrent vers Laura.

« Vous regrettez votre geste, madame ? » lui demanda la présidente.

D'un signe de tête, Laura fit signe que oui, incapable de prononcer le moindre mot. La vision des images avait fait remonter à la surface chaque instant de la scène, sensation par sensation. Elle avait senti le souffle de David sur sa nuque. L'odeur de son excitation bestiale. Le claquement de ses paroles humiliantes à son oreille. Et cette douleur, cette peur qui lui tenaillait le bas-ventre.

Puis l'instinct de survie qui avait pris le dessus soulevant ce bras qui jusqu'à présent ne s'était jamais rebellé. Comme elle aurait aimé repousser David, qu'il sorte seulement de son espace, juste pour lui permettre de respirer ! Mais c'était oublier le pouvoir de la mémoire corporelle.

En cet instant, le corps de Laura avait cessé d'être amnésique. Il avait atteint la limite de ce qu'il pouvait endurer. Dans un geste de défense, il avait fait taire le danger. Mais comment expliquer à un tribunal qu'on ne voulait pas tuer lorsque l'on blesse une personne à la gorge avec un couteau ?

Laura avait donc donné la mort à David, après lui avoir consacré sa vie.

Chapitre 25

En ce troisième jour du procès, l'expression matinale des membres de la cour et de Laura trahissait les séquelles de la veille, à moins qu'il ne s'agisse de l'angoisse du délibéré de cette dernière journée. Chacun à sa place, mais unis autour d'une même conviction, celle de vivre un moment suspendu, hors du temps. Finalement, qu'est-ce que la cour d'assises si ce n'est rassembler dans une salle d'audience des gens de différents horizons, leur faire vivre une expérience humaine intense, durant laquelle ils sont confrontés à leur solitude, celle de celui qui doute, se questionne, sans pouvoir en parler aux gens en dehors. Et puis à quoi bon ?

La perception d'un crime vu de l'extérieur se résume souvent à celle d'un simple fait divers. Ce fameux écho médiatique, les faits, rien que les faits et juste les faits. Or il n'y a de faits sans un homme ou une femme pour les incarner, sans ces innocents ou ces coupables à qui l'on demande de déballer leur vie devant des inconnus. La pudeur n'a pas sa place dans une cour. On dépouille l'accusé de tout, de son histoire, sa liberté, pour juger s'il est digne de réintégrer la société.

Pour ce dernier jour d'audience, Laura allait être mise à nu. La clôture de la phase d'instruction devait laisser place aux témoins et experts venus évoquer sa personnalité. Il fallait permettre à la cour de comprendre cette femme. Les jurés allaient devoir répondre à une longue série d'interrogations avant de se prononcer.

Était-elle une victime, une meurtrière ou les deux à la fois ? Dans l'affirmative, comment avait-elle pu passer d'un extrême à un autre ? Quel était son niveau de dangerosité pour la société ? Autant de cases à cocher, dans un délai limité, pour faire œuvre de justice.

Peut-on réellement cerner la complexité d'un être à coups d'expertises et de témoignages ? À moins qu'il ne s'agisse d'un moyen pour se rassurer. Certains jurés espèrent trouver dans les rapports d'expertise la faille, cette faiblesse mise en lumière par les psychiatres et qui justifie le passage à l'acte, le chromosome du meurtrier, exonérant le coupable de toute responsabilité. Ce serait la faute de la malchance de naître avec ce gène. Il serait si rassurant de trouver ce chromosome, sinon pourquoi tuer ? Ce serait considérer qu'à la faveur d'un changement de trajectoire tout peut basculer du mauvais côté, non de celui qui juge mais de celui qui est jugé.

Laura semblait pensive dans son box. Il lui était très étrange que l'on parle d'elle à la troisième personne en sa présence. Elle avait d'ailleurs l'impression qu'il s'agissait de quelqu'un d'autre. Ces images, ce crime, ça ne pouvait pas être elle, c'était forcément une autre femme, jamais elle n'aurait été capable d'un tel geste. La Laura du tribunal, celle qui avait le recul et la hauteur d'esprit que seule la sécurité pouvait apporter, n'était assurément pas celle de la cuisine de Stella, cette femme battue aux abois. Les évidences acculaient pourtant les deux visages de Laura qui allaient être décrits ce matin-là, par ses parents et le docteur Lepretre, psychiatre.

On pouvait lire dans le regard des proches de Laura l'incompréhension et la désolation. Jamais ils n'auraient pensé qu'un jour elle en serait là. Sa mère s'accrocha longtemps à la barre, les yeux embués. Elle fit le récit d'une enfance ni malheureuse ni heureuse. L'application de Laura à essayer d'être à la hauteur de ce qu'on attendait d'elle, son père, ses professeurs, ses petits amis.

Elle parla de la timidité de sa fille, et de son incapacité à verbaliser ses envies, ses rêves.

À croire qu'il lui était plus facile de se projeter dans la réalisation de ceux que les autres lui prêtaient. En somme, Laura était toujours là où on lui demandait d'être, s'attelant à faire ce qu'on lui demandait de faire avec la patience et la douceur de celle qui écoute mais ne parle pas. Petit à petit, cela l'avait conduite à choisir le métier d'assistante sociale, où elle excellait, aidant les autres en silence comme elle l'avait fait depuis son enfance pour son frère handicapé. Chaque jour, elle avait plaisir à se rendre au centre communal d'action sociale d'Hesdin où elle accompagnait ceux qui en avaient besoin dans leurs démarches de recherche de logement, de formation, de soutien scolaire. Ironie du sort, elle était souvent amenée à aider des femmes victimes de violences conjugales à trouver un hébergement d'urgence. Sa hiérarchie louait son professionnalisme et sa discrétion. Manifestement Laura s'était investie dans son travail autant qu'elle s'était désengagée de sa propre vie. Jamais on ne l'avait vue se plaindre, ou s'agacer, tout semblait glisser sur elle. Tout comme les hommes qu'elle avait fréquentés. Ils lui étaient tombés dessus sans réellement qu'elle les choisisse. Laura ne savait pas dire non. C'était ainsi qu'elle pensait se faire aimer.

Sa mère évoqua la série de rencontres hasardeuses que Laura avait pu faire, avec des garçons prompts à lui imposer leur volonté. Elle se souvenait de l'avoir vue porter le cartable de l'un de ses camarades au collège, ou encore d'avoir menti au lycée pour éviter le renvoi de son petit ami. Plus tard, elle avait repris espoir lorsque sa fille avait rencontré Ludovic, celui qui deviendrait le père de son petit-fils Tom. Mais c'était sans compter le penchant de Ludovic pour la fête. Durant des années, Laura avait accepté ce qu'elle appelait ses « excès de gaieté », ses gestes déplacés, ses tromperies. À chaque fois, Ludovic revenait s'excuser, prétextant la difficulté à rester maître de lui dès qu'il buvait. Laura avait pardonné jusqu'au jour où la consommation d'alcool de Ludovic avait amené ce dernier à malmener Tom. Ce jour-là, et pour la première fois de sa vie, Laura avait dit NON. Elle partait avec son fils pour le protéger. Malheureusement, Ludovic en avait décidé autrement en prenant le volant et la vie de leur fils.

Laura s'en était tellement voulu d'avoir osé le quitter. Elle se sentait responsable de la mort de Tom, se répétant chaque jour qu'elle aurait dû supporter plutôt que partir et tout perdre.

« Je crois que c'est ce jour-là que nous avons définitivement perdu notre fille », conclut sa mère.

La présidente appela ensuite à la barre le père de Laura. Il s'avança péniblement jusqu'au centre de la salle. Ses jambes flageolaient et il n'arrivait pas à regarder sa fille. Il était inquiet à l'idée de témoigner, de peur de la desservir. Il voulait l'aider mais il était habité par une colère qu'il croyait dirigée contre Laura. Il lui reprochait d'avoir pris la vie d'un homme et gâché la sienne, elle qui était sa fierté. Il avait longtemps hésité à venir au tribunal comme témoin de moralité mais, les mois passant, il avait compris qu'il s'était fourvoyé. En réalité, il s'en voulait à lui-même d'avoir abandonné sa fille à David, puis de l'avoir laissée seule durant sa détention.

Alors, à la barre, il tenta d'expliquer pour enfin la protéger. Il confirma dans un premier temps les dires de sa femme avant de préciser qu'après le décès de leur petit-fils et jusqu'à sa rencontre avec David, Laura était inconsolable, muette et fuyante. Il déclara que David se comportait comme un enfant avec elle et réclamait en permanence son attention. C'est à ce moment-là qu'une flamme était réapparue dans les yeux de sa fille. Elle se sentait de nouveau utile et aimée à ce titre. Après quelques mois de relation, Laura était redevenue silencieuse. Seul son corps criait sa douleur. Ses parents avaient bien tenté de la sortir de cette liaison destructrice, mais ils s'étaient heurtés à ces quelques mots : « Il a un passé difficile, il souffre, il va changer car il m'aime. » À force de répéter ce mantra, peut-être avait-elle fini par s'en convaincre.

La présidente demanda au père de Laura s'il avait quelque chose à ajouter. Il se tourna vers sa fille.

« Aujourd'hui on te juge, mais sache que je t'aime. Si ton acte est punissable par la loi, il est admirable à mes yeux de père, car je préfère pleurer ton innocence à ta mort. »

Un long sanglot éclata dans le box de Laura. Celle qui n'avait jamais considéré qu'elle était digne d'être aimée comprenait qu'elle l'était vraiment. Contrairement aux autres hommes de sa vie, son père l'aimait sans limites. Non pour ses actes, et qu'importent ses actes, parce que c'était elle, Laura.

Aux témoignages des parents de Laura succéda la prise de parole du docteur Lepretre, le psychiatre en charge de son expertise. Il fallait bien tout le lexique de la psychologie pour esquisser un portrait-robot, à moins qu'il ne s'agisse du portrait d'un robot : mésestime de soi, dépendance affective, emprise, aboulie, addiction, autolyse, décompensation. Le docteur Lepretre avait structuré sa prise de parole autour de ces mots qu'il tentait d'expliciter à la cour :

« Laura Deramcourt est une jeune femme qui décrit son enfance comme tranquille. Elle ne se plaint d'aucun traumatisme indiquant qu'elle portait une charge émotionnelle importante liée à la prise en charge de son frère handicapé. Dès son plus jeune âge, elle s'est effacée afin de causer le moins de souci possible à ses parents, qu'elle sentait débordés par son frère. Sa vie durant, elle a adopté le même comportement – faire profil bas –, conditionnant son existence à son rapport à l'autre. Elle compensait sa mésestime de soi par son utilité sociale. Elle avait besoin d'aider pour se sentir reconnue.

« On retrouve ce schéma dans ses rencontres amoureuses, sujettes à de la dépendance affective. Laura Deramcourt est attirée par les hommes qui ont besoin d'elle, tandis qu'ils se valorisent sur son déficit de confiance en elle. Se créent alors, comme avec David Ramet, des relations d'interdépendance fusionnelle. Dans le cas de M. Ramet, il se présente à elle en situation de faiblesse, et Laura Deramcourt se sent valorisée par l'utilité qu'elle lui apporte. Mais ne parvenant pas à combler son propre manque de confiance en lui, David Ramet est insatisfait et Laura Deramcourt déstabilisée de ne pouvoir lui apporter ce dont il a besoin. En synthèse, et si vous me permettez le terme, je dirais que malheureusement le couple Ramet/Deramcourt est une association de malfaiteurs. Un cocktail explosif de deux être incomplets, dépendants, dépressifs, qui s'unissent pour le meilleur mais ne peuvent s'apporter que le pire.

« La seconde étape s'enclenche : remarques, humiliations, violences réduisant à néant la confiance en soi. Puis vient la troisième phase, qui se caractérise par l'isolement du sujet, voulu par le persécuteur et accepté par la persécutée qui n'a pas la force d'affronter le monde extérieur. Cette dernière est sous l'emprise de son bourreau, souffrant du syndrome de Stockholm : elle l'aime, car elle le considère comme le seul à lui accorder de l'affection.

« C'est le fil de la déconstruction de Laura Deramcourt, qui se sentait transparente en dehors du regard de son compagnon et avait honte de se présenter à son entourage. Reprenant les termes de David Ramet, elle dira d'elle qu'elle était une alcoolo qui avait perdu son fils, à l'allure négligée. Son corps, témoin de blessures qu'elle n'osait dénoncer la dégoûtait. L'emprise, la dépendance affective et l'isolement ont placé Laura Deramcourt en situation d'aboulie, autrement dit d'incapacité à prendre des décisions. Symptôme renforcé par la conviction que le jour où, par le passé, elle a pris une décision importante, celle de quitter son ex-compagnon, cela a coûté la vie à son fils.

« On peut dire qu'à cette époque-là, Laura Deramcourt avait adopté un comportement d'autolyse devant conduire à sa propre perte. Elle reconnaît avoir accepté l'idée de mourir sous les coups de David Ramet, s'alcoolisant pour atténuer ses douleurs physiques et morales.

« La lecture du procès-verbal d'interpellation de Laura Deramcourt fait état de tremblements, spasmes et langage incohérent, caractérisant un état manifeste de choc. En termes légaux, on ne peut pas parler d'abolition ou d'altération du discernement, car Laura Deramcourt avait conscience de la gravité de son acte. La preuve : elle a tout de suite appelé le SAMU et les forces de l'ordre. En revanche, on peut considérer que son geste meurtrier est un acte de décompensation, soit la crise psychologique d'un individu qui ne parvient plus à se contrôler. Ce type de crise peut être la résultante d'une tétanisation du corps et d'une angoisse profonde. Eu égard aux violences régulières qu'elle avait subies et aux menaces que venait de proférer David Ramet, le corps et l'esprit de Laura Deramcourt se sont manifestement tétanisés avant de décompenser et de repousser son agresseur. »

L'exposé du psychiatre fut suivi d'un temps de flottement. La gêne était perceptible au sein de la cour. Le docteur Lepretre avait ouvert une brèche visible sur le visage d'au moins cinq des jurés. En déroulant la bobine de l'assujettissement d'une Laura dévouée à David, dont l'esprit s'était épuisé à force d'être sur le qui-vive en permanence, il avait semé un doute que Diane comptait bien exploiter.

Après la projection de la scène de crime et le rapport de l'officier Lestangue, certains semblaient pourtant soulagés d'avoir acquis une conviction que le docteur Lepretre venait de faire voler en éclats. Tout n'était pas aussi simple et limpide qu'ils auraient pu le croire. Comment faire coïncider le rapport du légiste et des gendarmes avec celui du psychiatre ?

Si Laura avait visé la gorge, c'était pour mettre fin aux jours de David Ramet. Sauf que son geste de décompensation pouvait avoir été guidé par la terreur et non l'intention de tuer.

Jusqu'à présent, les jurés n'avaient eu en tête que la question de la différence de gabarit et l'image du couteau frappant un organe vital. Mais au cours du procès leur vision s'était élargie au décor, au contexte et à la psychologie des protagonistes. Ils allaient devoir prendre en compte dans leurs réflexions cette cuisine sombre, anxiogène, théâtre d'abus conjugaux, et mesurer l'impact d'années de violence sur la psyché de Laura. Ils découvraient par la même occasion qu'une cour d'assises n'était pas un Cluedo, qu'il ne suffisait pas d'avoir le coupable, le lieu et l'arme du crime pour rendre un jugement.

César lui-même avait été décontenancé par cet exposé, dont il connaissait pourtant les termes pour avoir lu en amont la procédure. Néanmoins, les explications apportées à la barre par le psychiatre et l'attitude de Laura durant ces deux jours d'audience le faisaient revenir un peu sur la sévérité de sa première impression. Aussi, et comme la loi l'y autorisait, il demanda à la présidente la possibilité de l'interroger. Il avait besoin de sonder une dernière fois la jeune femme avant de préparer ses réquisitions.

« Madame, pendant tout le temps que vous avez passé aux côtés de David Ramet, avez-vous craint pour votre vie ?

– Je ne sais pas. Je crois qu'on ne ressent de la peur que lorsqu'on craint pour quelque chose auquel on tient. »

Chapitre 26

La présidente clôtura la phase d'instruction, prononça une suspension d'audience et invita la cour à se lever dans l'attente du réquisitoire du procureur et des plaidoiries des avocats.

Diane et César s'accordèrent quelques minutes avant de se séparer. Ils se parlèrent peu tant ils se comprenaient, vivant la même expérience. Tous deux savaient que leurs interventions auraient un impact sur la vie d'un autre être humain. Aussi eurent-ils besoin de la présence réconfortante de l'autre avant de s'isoler.

« Tu es prête ?

– Autant que toi.

– Alors, ça ira. »

Le temps de la parole allait succéder à celui du questionnement. Diane tenait à voir Laura seule à seule une dernière fois avant de préparer sa plaidoirie. L'échange puis la solitude pour trouver les mots. Pas ceux que Diane pourrait penser ou aimerait prononcer. Les mots de Laura.

Exercice délicat que d'entrer dans la tête et le cœur de sa cliente pour parler juste. Comment formuler la pensée silencieuse d'autrui ? Il n'était pas question d'acquitter ou de condamner Diane mais Laura. Il fallait donc parler pour elle et devant elle. Faire siens son lexique et son mode de fonctionnement. Ne pas trahir ses sentiments, comprendre ce qui n'avait jamais été déclaré.

Diane ne cessait d'être surprise et fascinée par le lien, à chaque fois différent, qu'elle pouvait tisser avec ses clients. Une première rencontre, un travail de plusieurs mois, la découverte d'une personne. Les questions que l'on se pose, que l'on anticipe. Celles qui dérangent et auxquelles il faudra répondre. Plusieurs fois elle avait affronté l'arrogance de ses propres certitudes, qui s'étaient dérobées face aux méandres de la vie de ses clients. Combien de fois avait-elle cru trouver le ton juste alors que cela sonnait faux ? Diane n'abandonnait jamais, s'efforçant de s'identifier à l'autre pour parler comme et pour lui. Elle avait attendu avec angoisse des peines qui ne seraient pas siennes mais partagées. Avec Laura, ce qu'elle espérait, c'était la délivrance d'un verdict approprié.

Diane se remémora donc chaque moment partagé durant l'instruction, en cellule et pendant le procès ; les mains serrées de Laura et la bouche crispée à l'évocation des violences qu'elle avait subies ; le flot ininterrompu de larmes après les images de l'autopsie ; ce sourire furtif qu'elle lui avait parfois connu à l'évocation de son bonheur ancien avec Tom. Peu à peu Diane devait devenir la traductrice de ce langage corporel. Elle avait besoin de vibrer à l'unisson avec Laura.

À la lueur de son histoire avec César, il lui sembla qu'elle la comprenait mieux. Elle savait dorénavant ce que pouvait être l'aveuglement d'une femme amoureuse.

Avant de quitter la geôle, Diane regarda Laura dans un silence enveloppant. Elle lui semblait si vulnérable dans cette cour trop grande pour elle. Laura remarqua son trouble :

« Faites pas cette tête, maître, ça va aller. »

À ces mots, les deux femmes sourirent.

« J'ai confiance. Vous avez su me comprendre, et vous saurez bien me défendre.

– Merci. Je ferai de mon mieux mais, avant cela, j'ai une ultime question à vous poser. Sachez que quelle que soit votre réponse, elle ne modifiera pas ma plaidoirie. Mais je dois savoir. Laura, aviez-vous l'intention de tuer David ? »

Laura se figea, interdite, avant de s'agiter nerveusement sur sa chaise.

« Maître, je ne comprends pas pourquoi vous me demandez ça maintenant. Pourquoi est-ce que vous me faites ça ?

– Je ne vous l'ai jamais demandé car j'étais persuadée de connaître la réponse, et je ne voulais pas vous interroger sur ce point avant l'audience pour éviter de mettre à mal votre confiance en vous. Si vous aviez un instant pensé que je pouvais douter de vous, vous aussi vous auriez douté, au risque que la cour assimile votre faiblesse à une intention de tuer ou un aveu de culpabilité. Maintenant que vous n'avez plus à répondre devant la cour et que vous avez, je le crois, fait plutôt bonne impression, je vous le demande, car j'ai besoin de savoir. Aviez-vous l'intention de tuer David ?

– Maître, je n'ai jamais dit que je voulais le tuer.

– Ce n'est pas tout à fait ce que je vous demande. Ma question est simple, et votre réponse n'appellera aucun jugement de ma part, je vous l'assure. Dans cette cuisine, en vous retournant, avez-vous voulu le faire taire définitivement ? »

Laura baissa la tête et se mit à pleurer. Diane regarda le plafond et inspira profondément. Alors qu'elle s'apprêtait à quitter la pièce, Laura l'interpella :

« Le vouloir, jamais, y avoir pensé peut-être.

– Ça n'est pas un crime de penser. »

Dans cette cellule, elles se comprenaient enfin. Diane tendit un mouchoir à Laura, puis quitta la geôle avec la dernière pièce du puzzle. Seule mais portée par les mots de Laura, elle devait dorénavant peaufiner les siens. Ceux dont la justesse devait frapper l'esprit des jurés. Les faire réagir, se questionner, s'émouvoir. En somme, leur faire ressentir et vivre le jugement qu'ils allaient devoir prononcer. Son ambition était qu'eux aussi quittent la salle avec le sentiment du devoir accompli, certes un peu plus abîmés qu'avant le début du procès, mais apaisés par la conviction d'avoir rendu la justice.

Il lui fallait donc mettre de l'ordre et de la clarté dans ses idées. Elle se promena sur les pavés de Saint-Omer, arpentant les avenues commerçantes en quête de normalité. La clameur de la rue résonnait à ses oreilles comme un joyeux bourdonnement, une légèreté en totale opposition avec la pesanteur de la salle d'audience. À quelques pas de là une femme allait être jugée, mais ici le monde continuait de tourner. Diane s'arrêta finalement devant le canal du Haut-Pont. Sur un banc, face à l'eau, un stylo à la main, elle tenta de coucher sur le papier deux ou trois éléments de langage. Sa main se crispa à de nombreuses reprises, saisie par la crainte de voir Laura retourner en prison pour de longues années. Diane comprit qu'il était temps de lâcher son brouillon. La vibration de son téléphone interrompit ses réflexions.

« Bonjour Maître,

Maman m'a dit que vous avez votre grand procès, presque aussi important que le mien. Elle m'a montré les articles. Je sais que c'est aujourd'hui la plaidoirie, donc comme pour moi, vous devez être angoissée. Même si vous ne me l'aviez pas dit, je l'avais remarqué, vous savez. Alors, j'ai voulu vous envoyer un message. Ce n'est pas facile de vous écrire tout ce que j'aimerais vous dire. Imaginez que vous tenez dans votre main la balle antistress que vous m'avez donnée et que j'utilise toujours. En tout cas, moi, je suis avec vous, comme vous l'avez été pour moi. Et je sais que vous allez y arriver. Parce que vous êtes trop forte. Et après, comme vous me l'avez promis, j'espère que l'on se verra vite.

Jeanne »

Les larmes coulèrent le long des joues de Diane. Elle était prête à affronter la cour.

Chapitre 27

Une cloche retentit, appelant chacun à regagner sa place, celle qui lui avait été assignée dans ce vaste jeu de rôle. Le bon côté de la barre s'exprima en premier par la voix de l'avocat de la partie civile et il frappa fort dès le début de sa plaidoirie :

« Mesdames et messieurs les jurés, me voilà devant vous car j'ai l'honneur de défendre la famille de David Ramet. J'insiste sur ce mot, honneur, tant j'ai parfois eu le sentiment, ces derniers jours, qu'il était question du procès de M. Ramet et non de sa meurtrière. »

À ces mots, il s'approcha des jurés en brandissant une photo de David Ramet.

« Vous l'avez vu mort, regardez-le vivant, cet homme qui a été fauché alors qu'il n'avait que quarante ans. Sans préjuger de votre âge, je vois que parmi vous beaucoup ont la chance de vivre plus longtemps que lui. Imaginez toutes ces années dont vous auriez été privés, la joie de célébrer un mariage, d'accueillir un enfant, de vous investir dans un nouveau travail, de profiter de votre famille et de vous adonner à votre passion.

« L'espérance de vie d'un homme en France est de soixante-dix-sept ans. Ainsi, Laura Deramcourt a potentiellement privé David Ramet de trente-sept ans de vie durant lesquels il aurait pu évoluer. Voyez la photo de cet homme. Assurément il n'était pas parfait, mais qui peut se targuer de l'être dans ce tribunal ? Des erreurs, il en avait commis et il les assumait, puisque, je vous le rappelle, il suivait sérieusement son contrôle judiciaire. David Ramet était prêt et avait accepté d'être jugé pour ses actes, mais c'était sans compter Laura Deramcourt qui l'avait déjà condamné. Mesdames et messieurs les jurés, je vous le demande, méritait-il de mourir ainsi, dans sa cuisine, tué par la femme qu'il aimait ? À qui peut-on souhaiter pareille mort ?

« Aussi, ne vous trompez pas, la seule victime dans ce tribunal, c'est David Ramet, pas Laura Deramcourt. Contrairement à lui, elle a eu le choix et elle a fait le mauvais. Celui de se faire justice plutôt que de faire confiance à notre institution.

« Laura Deramcourt n'était pas une femme isolée. Elle avait un travail, une famille. Pourquoi n'a-t-elle pas demandé de l'aide ? D'autres femmes qui se retrouvent dans sa situation utilisent les moyens mis à leur disposition par notre pays. Elles quittent leur conjoint, vont dans un centre d'hébergement et laissent la police puis la justice entrer en voie de condamnation contre l'auteur des violences. Seulement voilà, Laura n'est pas de ces autres femmes. Elle a estimé que la justice des hommes était trop clémente et que le prix à payer pour ses souffrances était la mort de son bourreau.

« Laura Deramcourt aurait pu se retourner et repousser David Ramet. Au lieu de quoi, elle lui a volontairement porté un coup de couteau à la gorge, se rendant coupable de faits bien plus graves que ceux pour lesquels David Ramet devait être jugé. C'est pour cela que j'en appelle à votre extrême sévérité, afin que le cas de Laura Deramcourt ne fasse pas jurisprudence et que d'autres femmes n'estiment pas bénéficier d'un permis de tuer à chaque fois que leur compagnon se montrera violent.

« Aujourd'hui, c'est une mère qui pleure son fils, une famille endeuillée qui vous demande réparation pour tous ces instants de vie qu'ils ne partageront plus avec David Ramet. Je soutiens donc l'action du ministère public en demandant une lourde condamnation pour Laura Deramcourt. »

Laura était abasourdie par cette plaidoirie. Jamais elle n'avait souhaité se substituer à la justice. Elle voulait seulement un peu d'espace pour respirer. Son regard se brouilla, sa tête bourdonnait.

Une meurtrière. C'était la première fois qu'on la qualifiait ainsi en sa présence. En était-elle réduite à cela ?

Une voix plus grave que les autres la sortit de sa torpeur. César, qui ne l'avait pas quittée des yeux durant la plaidoirie de l'avocat de la partie civile, se leva. Laura savait qu'elle devait le craindre puisqu'il représentait la société et était à ce titre en charge de réparer le trouble qu'elle avait causé à l'ordre public. Serait-il aussi sévère avec elle que l'avocat de la famille de David ?

« Mesdames et messieurs les jurés, la cour, je vous plains. »

Avant de marquer un temps de silence qui interpella les jurés tout autant que sa déclaration.

« Si vous saviez comme je préfère mon rôle au vôtre, je suis là pour accuser quand vous allez devoir juger. Ma conduite est dictée par le Code pénal qui m'impose en fonction des critères légaux de devoir requérir une peine dont il annonce l'échelle, tandis que vous allez devoir réfléchir à chacun des arguments présentés, à ceux qui emporteront votre conviction et feront le destin d'une femme, celle qui est aujourd'hui sur le banc des accusés et qui demain sera en prison ou dans la rue à vos côtés.

« Pour vous aider dans la tâche qui est la vôtre, permettez-moi de développer avant mon argumentaire, mon sentiment sur cette affaire. Un concept avancé par le docteur Lepretre m'a frappé durant ces trois jours d'audience : "l'association de malfaiteurs". Il a éclairé la préparation de mon réquisitoire, comme il devra, je le crois, aiguiller votre jugement. Nous avons devant nous une victime imparfaite et un coupable vulnérable.

« Mais mon rôle m'impose de vous parler en droit. Pour caractériser l'infraction d'homicide volontaire, il faut la réunion de deux éléments constitutifs. Premièrement, l'acte par lequel l'auteur donne la mort à autrui ; et deuxièmement, la volonté de l'auteur de donner la mort à autrui.

« Le premier point ne fait pas débat puisque le légiste vous a bien expliqué que David Ramet est mort d'un arrêt cardiaque consécutif à une hémorragie causée par une blessure au couteau. Laura Deramcourt a reconnu, dès l'intervention des enquêteurs, puis en garde à vue, lors de l'instruction et durant ce procès être l'auteure du coup mortel. Il est à porter à son crédit qu'elle n'a jamais cherché à nier les faits ni à minimiser son rôle.

« Venons-en au deuxième point : avait-elle l'intention de tuer son conjoint en lui portant ce coup ? J'ai lu sur vos visages une forme d'interrogation après l'intervention du gendarme Lestangue sur la reconstitution de la scène de crime. Permettez-moi de lever vos doutes de deux manières.

« Tout d'abord en vous rappelant la jurisprudence, autrement dit les décisions prises par vos prédécesseurs dans d'autres dossiers. Lorsque l'auteur d'un crime vise une zone vitale, l'intention de tuer est présumée car il ne peut ignorer les conséquences mortelles d'une blessure portée à cet endroit. Tout comme Laura Deramcourt, vous et moi savons pertinemment qu'en visant la gorge, on peut tuer. À partir de là, vous pourriez déjà retenir l'intention de tuer.

« Pour aller plus loin, j'ajouterais un deuxième développement. Rappelez-vous, il vous a été expliqué que Laura Deramcourt était plus petite que David Ramet. Par conséquent, quand elle s'est retournée, elle aurait pu le repousser ou le blesser au ventre, qui n'est pas une zone vitale. Ce n'est pas le choix qu'elle a fait, puisqu'elle a délibérément levé le bras pour l'atteindre au cou. Je retiens donc l'intention manifeste de tuer son compagnon. Les deux critères légaux étant réunis, l'infraction d'homicide volontaire est caractérisée.

« À ce stade, vous pourriez vous interroger, à juste titre, sur la responsabilité pénale de Laura Deramcourt au moment de passer à l'acte. Eu égard aux violences qu'elle avait subies et venait de subir, était-elle consciente de son geste ou a-t-elle agi sous le coup d'un trouble psychologique ou psychiatrique ? Si tel était le cas, elle devrait être déclarée irresponsable pénalement car n'ayant pas la capacité mentale de mesurer la gravité de son crime. Or, il ressort du rapport du docteur Lepretre que si Laura Deramcourt était fragile psychologiquement en raison notamment des violences qu'elle subissait de la part de David Ramet, elle n'était pas pour autant irresponsable pénalement. Autrement dit, au moment des faits, elle avait conscience de la gravité de son geste. L'appel au SAMU dans les minutes qui ont suivi le coup mortel le confirme.

« Au regard de l'ensemble de ces éléments, je considère donc que vous devrez déclarer Laura Deramcourt coupable d'homicide volontaire sur la personne de David Ramet.

« Reste à savoir maintenant quelle peine est adaptée à la fois pour sanctionner son crime mais aussi pour réparer le trouble à l'ordre public qu'il a causé. Une bonne peine est, selon moi, celle qui répare l'infraction auprès des victimes, apaise la société et permet à l'auteur de se réinsérer.

Le Code pénal indique trente ans de réclusion criminelle.

« Pour ma part, j'estime ce quantum trop élevé eu égard à la personnalité de Laura Deramcourt et aux circonstances qui l'ont amenée à commettre un tel acte. Rappelez-vous que c'est une femme endeuillée par la perte d'un enfant, à la psychologie fragile, qui a subi depuis de nombreuses années des violences de la part de David Ramet.

« Mais souvenez-vous aussi que c'est une femme, assistante sociale, qui aurait pu, comme elle savait le faire pour d'autres, choisir une solution différente pour s'en sortir. Le manque de discernement dont elle a fait preuve constitue pour moi un élément de dangerosité empêchant son retour immédiat dans la société.

« Par conséquent, mesdames et messieurs de la cour, je requiers une peine de quatorze ans de réclusion criminelle assortie d'un sursis avec mise à l'épreuve de deux ans et obligation d'un suivi psychologique et d'addictologie permettant de faciliter la réinsertion de Laura Deramcourt. »

Diane avait été happée par le réquisitoire de César, qu'elle trouvait juste et équilibré même si elle comptait batailler pour obtenir une peine plus clémente pour sa cliente. À travers ses mots, elle avait pu percevoir le cheminement de César, lui qui au départ s'était montré bien plus virulent à l'encontre de Laura. Elle y voyait un espoir. Si César avait réduit la peine qu'il envisageait de requérir, c'est qu'il avait été touché par Laura, comme l'étaient peut-être d'autres membres de la cour.

Cependant, Laura ne percevait rien de cette petite musique juridique. Le sol venait de se dérober sous ses pieds. Du réquisitoire, elle ne retenait qu'un chiffre : quatorze.

Il lui sembla alors qu'elle était faite pour recevoir les coups, ceux de David et à présent ceux de l'avocat de la partie civile et du procureur. Les mots prononcés par ces derniers étaient encore bien plus douloureux que tout ce qu'elle avait pu endurer.

Après tout, ils avaient raison. Elle était une meurtrière. Laura était ainsi confrontée à son pire cauchemar, sa propre image. Voilà ce qu'elle était devenue. D'une maman assistante sociale, elle était dorénavant la veuve et meurtrière d'un compagnon violent. Avait-elle signé pour ça à la naissance ?

Finalement, ne fallait-il pas que tout se termine là, dans cette salle d'audience ? Sa calculette mentale s'emballait. Laura venait de passer presque deux ans en prison. Si la cour suivait le réquisitoire, cela signifiait qu'elle devrait y retourner encore douze années et ne pourrait revoir le jour qu'à cinquante ans.

Son regard hagard croisa celui de Diane, qui tenta de l'apaiser par un sourire. Laura, la présumée coupable, avait-elle encore quelque chose à espérer ?

Chapitre 28

Les mains de Diane ne tremblèrent pas lorsqu'elle prit la parole.

« Henri Lacordaire a écrit : "L'injustice appelle l'injustice ; la violence engendre la violence." Curieux, me direz-vous, d'emprunter les mots d'un religieux pour évoquer un meurtre dans une instance laïque. Après tout, n'est-il question ici que de législation ? Ma cliente s'est-elle rendue coupable d'homicide au sens de l'article 221-1 du Code pénal ? Oui, évidemment, elle ne l'a jamais nié, ni devant les enquêteurs ni devant vous. Alors, faites du droit et condamnez-la !

« Et ce soir, quand vous irez vous coucher, demandez-vous si vous êtes en paix avec vous-mêmes. Serez-vous satisfaits, rassurés, de savoir Laura Deramcourt derrière les barreaux ?

« Vous savez, mesdames et messieurs les jurés, dans justiciable il y a juste. Raison pour laquelle je vous demande de ne pas agir en juristes mais en justiciables. Aussi, prenez le temps lorsque vous serez en délibéré de penser à cette phrase d'Henri Lacordaire. Pour quel motif êtes-vous ici ? Pour juger du meurtre de David Ramet, bien sûr. Mais pourquoi ce meurtre a-t-il été commis ? Vous pourrez chercher la réponse à cette question dans tous les codes ou jurisprudences, vous ne la trouverez pas. Parce qu'elle n'appartient qu'à Laura Deramcourt.

« Le temps de cette plaidoirie, permettez-moi donc de vous embarquer dans la vie de cette femme, avant que vous ne décidiez de son sort. À travers mes mots, vous allez passer une journée en sa compagnie. Pas n'importe laquelle, la dernière de David Ramet.

« 8 h 30, c'est l'heure à laquelle vous devez prendre votre poste de travail d'assistante sociale. Pourtant, comme chaque jour, cela fait deux heures que vous êtes levée après avoir passé une nuit brève et mouvementée.

« Surtout, ne pas faire de bruit. David s'est couché ivre à 3 heures du matin à vos côtés après vous avoir chanté sa dernière musique préférée, puis il vous a secoué, considérant que vous manquiez d'enthousiasme pour l'accompagner.

« Quand vous lui avez demandé si vous pouviez vous recoucher, il a répliqué : “Pas tant que je n'en ai pas fini avec toi.”

« C'est à ce moment-là qu'il vous a lancé au visage un tas d'insultes. Après tout il paraît que vous adorez cela. Chez lui, ce sont aussi des préliminaires à un rapport sexuel imposé.

« Rapidement, se laver, en espérant, trouver dans la douche le réconfort de l'eau. Ce n'est qu'un leurre, elle vous transperce. Pas étonnant, lorsqu'on est vide et transparente.

« Les menaces vous rappellent à l'ordre, il est temps de vous recoucher sous peine de recevoir une gifle. Comme les poupées dans ces maisons d'enfant, on vous déplace à loisir. Et David est un grand enfant…

« Puis le noir. Vos yeux se ferment dans cette obscurité permanente. Vous dormez peu, agitée par votre hypervigilance, soucieuse de bien vous réveiller à 6 heures pour préparer le petit-déjeuner de David et vous habiller avant d'aller travailler. Il vous faut cacher chaque centimètre de peau qui trahirait votre faiblesse, celle de rester. Le choix des vêtements est crucial tant vous ne pouvez ignorer ces répercussions.

« "Trop", voilà l'adverbe qui les qualifierait le mieux. Aguicheurs ou classiques, finalement jamais au goût de David, qui désire un idéal féminin que manifestement vous n'arrivez pas à atteindre.

« Ensuite il faut aller chercher son petit-déjeuner à la boulangerie. David est exigeant sur ce point. Il veut du frais et pas que vous tentiez de “l’empoisonner avec vos saloperies”, comprenez votre cuisine. Le boulanger vous salue d’un air compatissant. Il faut dire qu’à mesure que les jours passent, vos joues se creusent et vos yeux se noircissent.

« De retour à la maison, vous installez la table du petit-déjeuner et vous allez réveiller David. Pas un regard. Vous n’entendrez sa voix que pour vous reprocher la température du café.

« Il est 7 h 45, vous prenez votre voiture pour vous rendre à Hesdin sur votre lieu de travail. Comme vous les aimez, ces trente minutes de calme et de liberté ! Une demi-heure, c’est presque un luxe sur vingt-quatre heures.

« Vient le temps du sourire et de l’esquive. Avec méthode, vous évitez toutes les invitations à prendre un café ou les pauses cigarette. Hors de question de devoir justifier de la couleur de vos bras.

« Malgré la fatigue et le néant qui vous habite, vous donnez ce qu’il vous reste de forces pour aider les personnes que vous accompagnez. Cela vous fait relativiser. Un toit, un travail, une famille… Bref, contrairement à ces gens, vous n’avez pas à vous plaindre. Ce jour-là, vous aidez une maman et sa fille à trouver un logement d’urgence. La petite a l’âge qu’aurait eu Tom, votre fils, s’il n’avait injustement perdu la vie dans un accident de la route. Vous multipliez les démarches et appels jusqu'à obtenir une place dans un centre d'hébergement. La mère et la fille vous remercient et quittent votre bureau, soulagées.

« Le claquement de la porte vous fait éclater en larmes. Tom… Quel petit garçon serait-il à cet âge ? Serait-il fier de sa maman ? Là où vous réussissez pour les autres, vous avez le sentiment d'avoir échoué pour vous.

« La vibration de votre portable vous sort de votre torpeur. David est en colère, il cherche à vous joindre depuis dix minutes. Il vous a déjà envoyé quinze messages auxquels vous n'avez pas encore répondu. Vous songez à lui expliquer que vous avez passé la journée au téléphone pour aider une famille, mais vous savez que c'est peine perdue.

« On frappe à la porte. C'est votre meilleure amie, la peur, qui vient oppresser votre cage thoracique. Elle vous tourmente et vous agite, vous rappelant que le retour à la maison va être difficile. Après tout, c'est votre faute, il fallait répondre à ses messages.

« Vous vous garez devant un pavillon dans lequel vous ne pénétrez qu'avec crainte. Il vous paraît aussi délabré que vous. Une fois le seuil de la porte franchi, vous êtes désorientée. Vos sens sont biaisés par l'atmosphère du lieu. Votre vue et votre odorat se troublent dans l'obscurité épaissie par la fumée de la cigarette que David est en train de griller. Vous avancez à tâtons en fixant la faible lumière jaune du plafond. Il vous est si difficile de respirer tant l'angoisse et l'odeur de mort qui règne en ce lieu vous saisissent à la gorge.

« Assis sur le canapé, David ne vous quitte pas du regard, guettant le faux pas qui lui permettra de lancer les hostilités. Il est 18 h 30, il est ivre et vous hurle dessus. Les jours se suivent et se ressemblent.

« Pour calmer l'agitation de vos mains, vous décidez de vous servir un verre d'alcool et de préparer le repas. Peut-être que cela apaisera son courroux.

« Il est là. Il rôde. Vous sentez son souffle, sa présence derrière vous. Il tourne autour de vous comme un lion en cage. Il guette sa proie. Vous ne savez pas encore où, mais vous pressentez que vous allez souffrir.

« Les mots de David claquent à vos oreilles. Après une gifle d'insultes, et un coup de poing de railleries. Vous êtes abasourdie par le bruit, tétanisée par la peur lorsqu'il profère ces paroles : "Tu vas crier si fort que même ton gosse il va t'entendre de là-haut."

« Votre tête implose, c'est le K.-O. En position de survie, votre corps repousse l'ennemi.

La souffrance et la peur entraînent votre bras vers votre agresseur. Il tombe en vous regardant.

« Ça se termine comme ça avait commencé, dans le silence et le sang. Ironie du sort, pas le vôtre qui a pourtant tellement coulé tout au long de votre histoire, mais le sien.

« Vous appelez les secours et tentez de le sauver, comme vous l'avez toujours fait depuis votre rencontre. Ils ne lui seront d'aucune aide, comme ils ne l'ont pas été pour vous après la plainte et l'hospitalisation.

« Votre vie à deux se termine dans cette cuisine dans laquelle elle n'avait jamais commencé. Ce n'était pas David et Laura, mais David contre Laura.

« Il mourra tout contre vous, et jamais vous ne vous le pardonnerez. Vous vouliez tant le sauver, au lieu de vous sauver, vous.

« Alors, mesdames et messieurs de la cour, je vous le demande : qui auriez-vous sauvé dans cette cuisine ? Lui ou vous ?

« C'est à lui aujourd'hui que vous devrez rendre justice, mais à elle, qui lui rendra justice ? À travers cette plaidoirie, permettez-moi d'essayer de le faire. Peut-être verrez-vous dans son geste la tentative désespérée d'une femme pour sauver sa vie. Moi, j'y vois celle d'une femme qui a probablement sauvé la vie de beaucoup d'autres.

« Si Laura s'est condamnée en le tuant, combien de femmes a-t-elle libérées ? Chloé, l'ex-compagne de David, vous l'avez entendue à la barre. Elle s'excusait de n'avoir pas su protéger Laura. De combien d'autres femmes David a-t-il brisé la vie ? Et après Laura, combien d'autres femmes encore auraient pu être ses victimes ?

« Cet homme était notoirement violent et n'a jamais été mis en cause par la justice. Il ne sera pas condamné, mais il obtiendra réparation, comme toute victime de votre juridiction.

« Alors aujourd'hui c'est bien le plaider coupable d'une victime que je défends. Entendez sa souffrance pour pouvoir juger de sa peine. »

Chapitre 29

À l'issue de la plaidoirie de Diane, la présidente demanda à Laura si elle souhaitait ajouter quelque chose. Tout se bousculait dans sa tête. Elle avait tant de choses à dire qui lui semblaient bien inutiles. Et puis, comment la famille de David aurait-elle pu les entendre ?

Elle se leva cependant et regarda les proches de son ex-conjoint :

« Laissez-moi vous présenter mes excuses, même si je sais que ne suis pas en droit de vous demander de me pardonner. Ça vous paraîtra sans doute fou, mais j'ai le sentiment de partager votre peine, car malgré tout ce qui a été dit, il me manque, à moi aussi. Je voulais que vous sachiez que je l'aime… enfin, que je l'aimais… Croyez-moi si je pouvais… »

Les larmes coulèrent sur les joues de Laura.

« Je suis désolée. »

La salle était stupéfaite par cette déclaration. Même après tout ce qui s'était passé, Laura pensait à David et cherchait à le défendre au lieu de sauver sa peau. C'était le mot de la fin qui sonnait la suspension de l'audience dans l'attente du délibéré.

Laura se sentit oppressée par les œillades agressives des membres de la famille de David, par ces regards en coin dans lesquels on pouvait lire : « Assassin ! » Elle avait mérité cette étiquette. Une fois le verdict prononcé, elle devrait apprendre à faire avec ou plutôt sans – sans existence sociale, aux côtés de ceux qui étaient mis au ban de la société. Il lui semblait parfois que c'était un juste fardeau à porter pour son bras meurtrier. Pourtant, ces derniers mois, la préparation de sa défense avec son avocate lui avait aiguisé un nouvel appétit pour la vie. Laura pensait avoir encore une utilité et aspirait à faire de son fiasco un témoignage éclairant pour d'autres. En compagnie de Diane, elles descendirent dans les geôles du palais. La gorge nouée, Laura demanda :

« Maître, qu'est-ce qui va se passer maintenant ?

– La cour va préparer son délibéré et nous serons appelées quand ils auront terminé. Quand la décision sera prononcée, je serai à vos côtés pour tout vous expliquer et nous déciderons ensemble si vous faites appel ou non.

– D'accord. Et à votre avis, qu'est-ce que ça va donner ? Vous pensez que je vais prendre combien ?

– Ça, Laura, j'aimerais pouvoir y répondre, malheureusement je n'ai pas pris l'option "prédire l'avenir" dans mon master de droit. J'espère le moins possible sachant que les jurés sont libres de suivre ou non le réquisitoire de l'avocat général.

– J'imagine que vous ne pouvez pas me le dire, pour que je ne sois pas déçue après. C'est bizarre, j'ai un peu l'impression que c'est comme si j'avais joué au loto. Je ne sais pas quels sont les chiffres qui vont tomber ce soir ni si je vais gagner.

– En tout cas, vous avez été exemplaire, Laura, durant ces quelques jours d'audience. Humble, combative et sincère. J'ai vu certains jurés touchés par vos interventions. Donc j'ai envie d'y croire.

– Merci, maître, si j'y arrive ce sera grâce à vous. Vous m'avez redonné l'envie de me battre, dans le bon sens du terme. Et puis, en entendant Chloé, le psychiatre et votre plaidoirie, je me dis que je dois faire quelque chose de notre histoire avec David. Que sa mort ne soit pas vaine. Je sais que ça peut paraître étrange ou déplacé comme affirmation, mais j'ai l'impression que je lui dois bien ça, de raconter ce qu'on a vécu, l'homme qu'il était et que j'ai aimé, ses erreurs et les miennes, sa violence et mon geste. C'est sûrement prématuré et j'ai encore beaucoup de choses à digérer mais ça me fait tenir debout de me dire qu'il faut que je donne un sens à tout ça, pour sa mémoire et pour moi. Jusqu'à aujourd'hui, je ne vivais que dans l'avant. Depuis ce procès, je pense à l'après. Et ça je vous le dois à vous, et à vos interrogations qui m'ont permis de me remettre en question, et aussi à votre soutien sans jugement. Donc si tout à l'heure j'ai le bon tirage au loto, on partage. »

Diane tendit un papier à Laura.

« Chacune n'a qu'à écrire son pronostic et on verra qui gagne. Comme ça, je suis certaine que l'une d'entre nous remportera au moins quelque chose aujourd'hui. »

Les deux femmes sourirent. Il leur restait cela, la chaleur humaine dans l'attente et l'espoir. « Attendre », voilà bien un verbe que Diane aurait aimé bannir de la langue française tant il lui était désagréable de ne pouvoir interférer sur le destin. Les dés étaient joués, plus d'effets de manche possible, plus de combat. Le temps suspendu au verdict des autres. Cette incapacité d'agir décupla l'agitation et l'angoisse de Diane, celle de voir partir Laura à l'ombre pour de longues années.

Diane n'était pas une débutante, elle avait traité bien d'autres dossiers. Pourtant, pour la première fois, elle avait la désagréable sensation qu'on jugeait une innocente. Certes pas au sens du Code pénal, mais plutôt au sens lexical : « quelqu'un de trop naïf, qui n'est pas souillé par le mal ». Pour Diane, Laura était ainsi, sans une once de méchanceté. Au contraire, sa fragilité l'avait perdue.

Ces questionnements manichéens accompagnèrent les pas de Diane sur les pavés de Saint-Omer. Elle fut bientôt rejointe par César. À l'abri des regards, ils retrouvèrent leur sanctuaire, le jardin public. Ensemble ils se repassaient le procès, partageaient leurs impressions, leurs prédictions.

« Tu as visé juste avec ton réquisitoire équilibré, raisonnable, logiquement implacable avec une touche de sensibilité en supplément. Le juré de gauche, l'homme à la chemise bleue, acquiesçait à chacun de tes arguments.

– Tu auras noté que j'ai été plus clément que je ne pensais l'être au départ. Ta cliente m'a plutôt fait bonne impression à l'audience comme je le crois auprès du premier juré. Je l'ai vu incliner la tête comme s'il avait pitié lorsque la mort de son fils et les violences ont été évoquées. Quant à toi, sache que, quel que soit le verdict, je t'ai trouvée magistrale. Tu as su exploiter le seul angle d'attaque que tu avais – les circonstances et la psychologie. J'ai eu l'impression d'être dans leur couple, dans cette cuisine sordide, et j'en avais froid dans le dos. Les jurés étaient attentifs et captivés. Je pense que tu as marqué des points et qu'ils peuvent prononcer une peine inférieure à mon réquisitoire. »

Ils firent quelques pas en silence avant de se poser dans le kiosque.

« Tu vois César où mène la passion…

– Dans un kiosque, soupira-t-il avec un sourire.

– Tu sais très bien où je veux en venir.

– Justement, j'appréhende la suite donc je préfère la dérision.

– Dans une cour d'assises, mort dans une cuisine, à un divorce… Bref, à une souffrance intense.

– J'adore ton optimisme.

– Dis-le-moi, combien de réussites pour combien d'échecs ? Tu en connais beaucoup, des belles histoires qui se terminent bien ?

– Hormis la nôtre ou dans les contes, tu veux dire ? s'enquit-il en souriant.

– Je ne plaisante pas, César.

– Comment veux-tu que je te réponde ? Tu me parles de fin quand tu t'opposes à notre commencement. Tu veux mettre des statistiques sur des sentiments.

– Pardonne-moi de ne pas prendre les choses à la légère.

– Stop, ne me fais pas ce procès-là, pas à moi. Et si tu veux parler de nous maintenant, volontiers, ça fait des semaines que j'en ai envie, mais j'ai attendu que nous terminions cette audience, parce que je sais qu'elle te tient à cœur.

« Alors si tu veux savoir comment se porte le mien, car je ne peux te parler que de celui-là, il bat à une intensité que je ne lui avais jamais connue depuis que je t'ai rencontrée, Diane Delaurel. Et ce corps que tu te refuses à toucher alors que tu en meurs d'envie se rappelle à moi chaque jour avec une vigueur inégalée.

« Que veux-tu savoir ? Si notre amour nous amènera dans une cour d'assises ? Permets-moi de te dire que c'est déjà le cas. Si nous aurons des nuits fiévreuses et des lendemains radieux ? J'en suis convaincu, mais je ne peux pas te le promettre. Et à quoi bon, puisque à en croire Henri Queuille "les promesses n'engagent que ceux qui les écoutent" ?

« Et puis, tu ne m'écoutes pas, tu tournes en boucle. As-tu réellement évolué depuis que nous avons scellé notre pacte ? Moi oui, et je ne veux plus de ces instants volés, Diane. Je rêve de vivre la grande aventure avec toi. J'ai besoin de te toucher, te respirer. Je veux toutes tes nuits et tes réveils, ta joie de vivre qui rend chaque journée si légère, t'entendre décrypter l'actualité au dîner avec tes élans idéalistes, te regarder préparer avec minutie des dossiers de plaidoirie. Savoir que tu es à mes côtés sans avoir à te chercher. Pouvoir te parler sans devoir le programmer. J'en ai assez de réprimer la spontanéité de mon amour pour cacher l'évidence. Je pense à toi constamment mais tu me manques perpétuellement. »

Tétanisée, Diane avait compris que cette déclaration était sans retour et qu'elle ne pouvait plus se dérober. Plus de jeu, de pacte ou de procès derrière lequel se retrancher. Même si elle savait depuis le départ que cette situation ne pouvait perdurer, elle se berçait d'illusions dans l'espoir que le temps fasse son œuvre. Elle se refusait à choisir, et puis, d'ailleurs, quoi ou qui ? Il ne s'agissait pas d'une question d'alternative entre les deux hommes de sa vie, l'amour que Diane portait à chacun n'était de toute façon pas comparable. Avec César, elle découvrait l'exquise insécurité, le désir et le manque qui rendaient son existence aussi effrayante qu'intense. Aussi sembla-t-il à Diane que c'était à l'autre version d'elle-même qu'elle devait renoncer et à cette vie sans tourment qu'elle s'était évertuée à construire et à maîtriser. Fallait-il qu'elle se perde avec César pour se trouver ? Elle n'était pas prête à franchir le pas, pas plus qu'à vivre sans lui. Elle avait conscience que les mots qu'elle pourrait prononcer risquaient de sceller son sort, et préféra se taire et offrir un baiser à César. Ultime subterfuge pour tenter de le faire patienter. César lut le trouble dans son regard. Touché par sa vulnérabilité, il aurait tant aimé l'étreindre en retour, pourtant, il posa son index sur la bouche de Diane.

« Crois-tu que j'ignore ce que tu fais, Diane Delaurel ? Tu me donnes tes lèvres pour éviter de me livrer ton cœur. Tu brades ton corps au rabais pour esquiver une discussion dont tu redoutes l'issue. Penses-tu sincèrement que je vais m'en contenter ? Je refuse de te céder maintenant au risque de nous condamner demain. En trompant Georges et Charlotte, c'est nous que nous trahissons, les valeurs qui nous animent et nous attirent. Jamais tu ne pourrais aimer un menteur et un tricheur. Nous mépriserions notre lâcheté. Depuis notre rencontre, je me sens grandi et transcendé par notre relation. J'ai découvert une autre version de moi, un César exalté et heureux de vivre. Je ne peux pas me contenter de ces bribes de toi. Notre premier baiser sera à la hauteur de nos espérances ou ne sera pas. »

César caressa la joue de Diane qui lui promit de réfléchir ou plutôt de ressentir pour agir. Sans le savoir, il venait d'allumer tous ses feux de détresse. Elle était paralysée à l'idée de changer de vie. Ils restèrent encore quelques minutes en silence sous le kiosque avant de retourner vers la cour d'assises. César pouvait lire sur le visage de Diane sa mélancolie, lui-même cachant péniblement la douleur qu'il éprouvait de devoir de nouveau la quitter dans quelques heures – il détestait de plus en plus leurs séparations.

Au coin de la rue qui les conduisait au palais, pour éviter tout soupçon, chacun prit une direction différente. Diane serra César une dernière fois dans ses bras avant de le quitter et de mettre ses écouteurs. Elle cherchait une musique pour apaiser son trouble. Levant les yeux de son téléphone, elle aperçut Chloé, l'ex-compagne de David, qui lui proposa une cigarette. Diane ne fumait pas mais elle s'en saisit comme d'une béquille. La fumée épaissit l'intensité de l'instant jusqu'à ce que Chloé rompe le silence.

« Merci, maître. Je n'ai pas votre éducation ni vos mots, mais en défendant Laura, en parlant de son calvaire, vous avez mis fin au mien. Maintenant que David est mort et que vous avez rappelé sa responsabilité pour Laura, moi et toutes les autres, je crois que je vais pouvoir revivre. Vous savez, même après des années, j'angoissais toujours à l'idée de le croiser en rentrant chez moi le soir. Une fois ma porte close, je pensais à la femme qui devait subir à ma place. J'en éprouvais de la culpabilité. Aussi étrange que ça puisse paraître, maintenant je me sens soulagée. Et j'espère vraiment que Laura sera récompensée plus que punie pour son geste… Enfin, vous me comprenez. »

Qu'importe le discours, la cause était partagée. Cet échange avec Chloé apaisa Diane. Quel que soit le jugement, au moins le procès aurait été utile à quelqu'un.

L'huissier vint les chercher pour les avertir que l'audience allait reprendre dans trente minutes. Diane s'installa sur un banc devant la salle et griffonna sur son bloc-notes en écoutant de la musique. L'attente du jugement lui semblait aussi interminable que l'échange avec César était insoluble. La cloche retentit et chacun prit place en silence, avec la solennité de ces instants de cour.

La présidente prit alors la parole :

« Après en avoir délibéré à l'unanimité, l'accusée Laura Deramcourt est déclarée coupable pour homicide volontaire sur la personne de David Ramet. Par ces motifs, la cour, à six voix contre trois, prononce à l'encontre de Mme Laura Deramcourt une peine de quatre ans d'emprisonnement ferme assorti d'une période de sursis avec mise à l'épreuve de deux ans et obligation de soins, de travail et d'indemniser les victimes. Reçoit la constitution des parties civiles et les renvoie à une audience civile pour que soit statuée la demande de dommages et intérêts. »

Dans la salle, on entendit le murmure des protestations de la famille de David, quatre ans contre une vie. Manifestement, la cour avait estimé que c'était le prix de sa violence.

Diane respira, jamais elle n'aurait espéré une telle peine. Avec les années de détention déjà réalisées et le sursis, Laura allait donc pouvoir quitter la prison dans deux mois. Quel soulagement immense ! Laura tomba dans les bras de Diane. Elles pleurèrent ensemble. La justice avait un goût salé et rare. La clémence de cette décision faisait ce jour-là la grandeur de l'institution.

Diane accompagna Laura jusqu'au fourgon. Elle prenait appui sur son avocate tant ses jambes peinaient à la porter. Elle était secouée par un spasme qu'elle ne pouvait décrire. La décharge de stress, l'espoir d'une liberté prochaine, le soulagement du pardon. Elles l'avaient fait. Déjouer les pronostics, l'emporter sur les réquisitions de César.

Sur la route qui la ramenait à Bapaume, l'acuité visuelle de Laura semblait décupler. Terminé le monochrome de sa cellule, une nouvelle palette de couleurs s'offrait enfin à elle.

Voulant prolonger ce moment de grâce d'après combat, Diane resta sur le pavé, à regarder le fourgon de Laura s'éloigner. César la rejoignit pour la féliciter.

« À celle qui remporte tous ses duels ! Belle victoire, maître Delaurel, qui, je dois l'avouer, me réjouit pour votre cliente, qui m'a touché, et pour l'institution pour laquelle nous travaillons. Preuve que l'humain peut encore l'emporter sur le droit. D'ailleurs, je vous informe que le ministère public ne fera pas appel de la décision. »

Diane remercia César qui pouvait lire son émotion. Après une longue étreinte, ils se quittèrent pour rentrer dans un chez-eux qui leur devenait plus asphyxiant que trois jours de cour d'assises.

Chapitre 30

Samedi 17 juin 2017, à la une de *La Voix du Nord*, on pouvait lire : « Laura Deramcourt, la femme fatale, bientôt libérée. »

Diane s'amusa de cette une qui synthétisait tous les clichés qu'elle venait de combattre lors du procès. Le stéréotype d'une femme qu'on affuble d'un qualificatif lié à son sexe. Par curiosité, elle regarda sur Internet la définition de « femme fatale » : « femme qui utilise son charme pour séduire et piéger un héros malchanceux ». Y étaient associées des représentations artistiques telles qu'Hélène de Troie, Salomé, Cléopâtre ou encore Mata Hari. À en croire la définition, le mensonge et la ruse étaient donc l'apanage de la gent féminine.

Diane n'y reconnaissait en rien les traits de Laura. S'il fallait parler de piège ou de ruse, c'était plutôt David qui avait tissé sa toile autour de Laura. Mais avait-on jamais parlé d'un homme fatal ?

Il lui semblait parfois qu'elle était vouée à un sort funeste aux côtés de César. Elle était effrayée par la puissance de son amour dont elle craignait qu'il la pousse à agir de manière irréfléchie.

« Ce qui distingue le fou du sage, c'est que le premier est guidé par les passions, le second par la raison », écrivait Érasme.

Jusqu'à César, Diane avait toujours vécu ainsi, s'épargnant les troubles de l'existence. Elle repensa à sa mère, à l'amour inconditionnel qu'elle avait voué à son père, qui le piétinait chaque jour effrontément. Sa mère qui ne ressentait plus rien que les décharges médicamenteuses. Une vie d'aliénation pour un amour à sens unique. Diane avait toujours rejeté cette idée, elle ne voulait pas souffrir à en mourir. Aux côtés de Georges, son mari, elle n'avait jamais éprouvé l'emballement, la peur, elle était comblée par sa chaleur. Pas une lumière qui brûle comme celle de César, mais une tiédeur qui enveloppe. Avec les deux, Diane avait tout, le calme et la tempête. Ce postulat de départ était un leurre qui l'avait finalement piégée. En réalité, Diane commençait à se fissurer de cette duplicité. Elle était partout et nulle part à la fois, ce qui ne parvenait plus à combler personne. Et surtout pas César qui justement lui adressa un message qui sonnait comme une ultime injonction.

« Diane,

Voyons-nous demain, 19 heures, sur la plage du Touquet. Ta connaissance des vestiges du passé décidera peut-être de ton avenir. »

Chapitre 31

Une douce lumière de juin réveilla Diane. À la radio, une émission rediffusait l'appel du 18 juin du général de Gaulle : « Quoi qu'il arrive, la flamme de la résistance française ne doit pas s'éteindre et ne s'éteindra pas. »

Diane avait toujours été touchée par cet acte de bravoure. Y croire quand tout semble perdu, se rassembler pour espérer triompher. Combien d'hommes ou de femmes peuvent se targuer d'autant de courage ? Diane remonta dans sa mémoire. Avait-elle un jour fait un acte de résistance ? Elle pensa à sa pseudo-transgression. C'était son plus grand acte de désobéissance à son propre ordre établi. Mais quelle grandeur dans la cause ? Vivre cachés ? Le discours de César commençait à la contaminer. Et si ce n'était pas un acte de rébellion mais l'aveu de sa lâcheté ?

Diane se recoucha et observa à travers sa fenêtre les branches s'agiter sous l'effet de la brise du matin, s'étonnant qu'elles puissent se courber autant sans céder. Comme le roseau de la fable, qui se pliait et résistait à toutes les tempêtes sans jamais se briser. Il lui sembla alors qu'elle aussi s'était beaucoup courbée, mais qu'il était temps de se lever. Elle s'empara de son téléphone :

« Bonjour, Jeanne,

Le procès est terminé, alors comme promis je suis à toi. Ta maman est prévenue. Prépare tes affaires, je passe te chercher dans une heure. »

À peine eut-elle le temps de se garer qu'elle aperçut Jeanne, un sac sur le dos et le sourire au coin des lèvres.

« Vous en avez mis du temps, j'ai bien cru que vous ne viendriez plus. Tout ça pour cette Laura Deramcourt. C'est quand même moi votre cliente préférée. Faut pas l'oublier.

– Comment le pourrais-je, jeune demoiselle ? Surtout avec le harcèlement téléphonique dont je fais l'objet de ta part. Un peu plus et j'allais porter plainte.

– C'est cela. Bon, allez, on va se la faire, notre excursion ?! »

Elles entreprirent la « traversée » du cap Gris-Nez. C'était devenu une plaisanterie récurrente d'en parler comme de leur Everest du Nord-Pas-de-Calais. Tout un symbole pour elles de s'imaginer le gravir lorsqu'elles étaient sur les bancs de la cour d'assises. Un procès et des mois plus tard, elles allaient en atteindre le sommet.

« Allez, dépêchez-vous, on dirait que vous avez cinquante ans. Vous plaidez plus vite que vous marchez. »

Diane se délecta de l'espièglerie de Jeanne. Pour la première fois, elle se comportait comme l'enfant qu'elle était. Elle avait l'air d'avoir retrouvé son insouciance.

À proximité de la falaise, Diane rappela Jeanne à ses côtés. Leurs regards furent happés par l'horizon.

« Regardez, on voit les côtes anglaises !

– Un jour, j'irai à London avec toi, toutes les nuits déconner et voir aucun film en entier, ça va d'soi...

– Très drôle, mais c'est New York, vous essayez de m'arnaquer ! Eh oui, je la connais, ma mère a beaucoup écouté Téléphone. Mais bon, si Londres, c'est plus dans vos moyens, je veux bien aussi. »

Diane éclata de rire, comme cela ne lui était pas arrivé depuis bien longtemps. Des larmes aux rires, elle avait exploré la palette des émotions auprès de Jeanne, Laura et César. En une année elle avait le sentiment d'avoir vécu plus que le reste de sa vie.

Alors qu'elles étaient toutes les deux au bord du précipice, Jeanne déclara :

« Vous savez, je peux vous le dire, maintenant, mais je crois que j'ai bien failli tomber. Vraiment, j'ai cru que je n'y arriverais pas. À réussir à parler. À dépasser cette histoire. Et à continuer de vivre. C'est comme si j'avais dû réapprendre tout ce qu'on m'avait appris quand j'étais bébé. Pourtant aujourd'hui je suis là avec vous. Bizarre, la vie, non ? »

Surmonter ses peurs, grandir, revivre, la petite fille avait réussi là où son avocate se tenait au point mort. Une belle leçon que venait de donner Jeanne à Diane !

Elles contemplèrent la mer en silence, ses creux, ses vagues, son mouvement perpétuel. Diane entendait enfin la mélodie de l'eau, ce va-et-vient, tandis qu'elle regardait l'écume s'échouer au pied des falaises. Sur ce cap, elle venait peut-être de trouver le sien.

Chapitre 32

Lorsque Diane raccompagna Jeanne chez elle, elles se donnèrent rendez-vous le mois suivant pour une virée londonienne. Un dernier au revoir avant de rejoindre César au Touquet. Sur la route, elle se préparait. Pour la première fois, elle savait qu'elle devrait plaider pour elle. En allumant la radio, elle reconnut la voix de Jean-Jacques Goldman entonnant « C'est pas d'l'amour », cette chanson qui incarnait sans jugement mais avec justesse tout le paradoxe de sa situation.

Elle se gara vers la corniche, laissant dans son dos la verdure et les dunes pour remonter la plage à pied en direction du bunker abandonné là par les hommes et que la mer recouvrait à marée haute. Enfant, Diane aimait l'escalader et s'y dissimuler pour fuir sa réalité familiale, celle qui en ce lieu remontait à la surface et faussait à présent encore son jeu. Elle ne parvenait pas à se défaire des cartes de ses parents, mêlant la culpabilité à la peur. Depuis des semaines avec César, s'était-elle montrée désinvolte et inconstante comme son père avec ses conquêtes ? Fallait-il lier son sort à celui d'un homme au risque d'être un jour malade d'amour comme sa mère ?

Ces interrogations lui revinrent comme un boomerang. Pourquoi ne parvenait-elle pas à s'affranchir de son passé ? Comme si c'était une fatalité que l'histoire se répète. Pourtant c'était elle qui avait démontré le contraire à Laura, l'exhortant à investir et non à subir sa propre vie. La marée qui lui léchait les pieds lui rappela que rien n'était immuable, les gens pas plus que les objets. Après tout, même le bunker s'était départi de son passé, de lieu de guerre il était devenu un espace d'expression pour apprentis graffeurs. Peut-être était-il temps pour elle aussi d'accepter que les autres puissent la changer. Chaque pas la rapprochait un peu plus de l'altérité et d'une histoire qu'elle n'avait pas écrite. Elle ignorait si celle-ci allait démarrer ou se terminer sur cette plage qui était assurément le théâtre de sa vie.

César, qui tenait à garder en tête ce moment qu'il pressentait décisif, s'immobilisa face à la mer. Il se tenait droit, comme les mâts des chars à voile qui lui faisaient face. Diane, qui avançait le long des cabines colorées, aperçut sa silhouette au loin au milieu des vacanciers devant les clubs de plage. Elle ne voyait que lui. Il était superbe sous la lumière déclinante de cette fin de journée. Vêtu d'un polo bleu marine au col remonté, il observait la ligne d'horizon. Elle remarqua qu'il avait, comme elle, les traits tirés – les semaines d'excitation et d'angoisse commençaient à les marquer tous les deux. Diane le contempla encore avant d'aller le retrouver. Elle tenait à s'imprégner de lui, à graver dans sa mémoire chacun de ses traits, cette mèche de cheveux qui volait au vent, ce visage finement ciselé, ce regard azur dont la mer du Nord avait tant à envier. Tout en cet homme l'attirait.

À l'heure tant attendue, face aux vestiges du passé, c'était leur avenir qui allait se jouer. Le clapotis des vagues, la fraîcheur de la brume, la lumière jouant entre les oyats des dunes, tout semblait converger vers ce moment de perfection brut où le temps s'arrête. César arbora un sourire en guise de promesse. Les craintes de Diane s'estompèrent à mesure qu'il la regardait. Il se rapprocha d'elle, l'effleura, presque intimidé par cette proximité. Diane lui caressa la joue, un geste simple, naturel, comme si elle le connaissait depuis toujours et qu'il lui avait manqué depuis tout ce temps. Sous la brise estivale, l'armure de leur robe de justice se fissura, il n'y avait plus de palais dans lequel se cacher.

Ils se mirent en mouvement, tous deux allaient enfin dans la même direction, mais pour quelle destination ? Devant eux la plage à perte de vue, derrière eux un pacte qu'ils avaient scellé jadis dans un tribunal. César brisa leur promesse, enlaça Diane et l'embrassa. Si tout devait s'arrêter là, autant que ce soit sur un baiser chargé d'attentes et de désir. Le mélange de leurs souffles leur redonna une consistance. De toute leur vie, ils n'avaient jamais éprouvé ce trouble, cette force qui les conduisait l'un vers l'autre. César voulait se donner les moyens d'y croire et de vivre enfin cette passion.

« Diane, plus de jeux, plus de pacte. Juste toi et moi. »

Elle chercha un ultime prétexte pour tenter de lui résister.

« Et le reste du monde ! César, pourquoi voudrais-je que tu quittes tout pour moi ? À quelle fin ? Pour l'amour que je te porte aujourd'hui, ce sentiment inconstant qui pourrait disparaître avec le temps ? Comment espérer la victoire de notre amour quand d'autres se meurent sur notre champ de bataille ? T'aimer c'est tout te donner, pas vouloir te reprendre ce que tu as édifié.

– Tu me parles de quitter, laisser, abandonner quand je te parle de transformer, sublimer. Tu empruntes le lexique de la peur, moi celui du cœur. Permets-moi de te dire que si tu es le centre de mon monde, tu n'es pas le centre du monde. Tu n'as pas à porter la responsabilité de mes choix et actes. Que tu le veuilles ou non, j'ai changé. Je ne suis plus l'homme qui a épousé Charlotte et qu'elle a aimé. Contrairement à toi, j'ai accepté cette idée. Je suis différent et j'aspire à vibrer. Quoi que tu décides, de toute façon, je partirai. Parce que Charlotte mérite un homme qui la regarde comme je te dévore, qui la touche comme je m'enflamme pour toi et qui l'aime à la hauteur de la femme exceptionnelle qu'elle est. Quant à mes enfants, j'ai envie de pouvoir les regarder dans les yeux en assumant mes choix. Je refuse qu'ils vivent dans le mensonge et la résignation de leurs parents. Tu sais mieux que quiconque le poids de l'héritage familial. Je rêve qu'ils accueillent l'amour plutôt que de s'en protéger comme je l'ai toujours fait. Alors, cesse d'utiliser ta culpabilité pour m'éloigner, pour une fois, je t'en supplie, ressens au lieu de penser. »

Les larmes coulèrent le long des joues de Diane. Après des mois de lutte et à court d'arguments, elle rendit les armes. César était au rendez-vous de ses attentes. Son étreinte enveloppante acheva de la convaincre. Le verdict était tombé ; il y aurait donc des cris, des détours, des défis à relever et des enfants à aimer. La seule loi qu'ils n'avaient jamais étudiée s'imposait enfin à eux : celle de l'attraction.

Chapitre 33

1er septembre 2017, c'était le jour J, celui de la sortie de Laura, ou plutôt de son entrée dans le monde. Elle avait attendu ce moment avec impatience. C'était pour elle une renaissance, comme si la prison allait accoucher d'une nouvelle version d'elle-même. Dans le long couloir gris qui la conduisait vers l'extérieur, elle était accompagnée par le joyeux vacarme des prisonnières, une marque de respect et de sympathie qui la poussait à avancer. Assaillie par l'émotion, d'un pas fébrile mais la tête haute, elle laissait derrière elle une cellule dans laquelle elle s'était bien trop longtemps enfermée. Le procès et la considération des jurés l'avaient réhabilitée, lui permettant de dépasser le mépris dont elle s'accablait. Avant de franchir le sas de sécurité, elle se retourna pour jeter un ultime regard et toucher une dernière fois ces murs. Finalement, ils lui avaient offert de nouvelles fondations. C'était là qu'elle allait quitter les autres détenues, son passé et David. Il était temps de le libérer, lui aussi.

Alors qu'elle poussait avec détermination la porte qui s'ouvrait sur un nouvel avenir, elle fut aveuglée par les rayons matinaux du soleil. Elle ferma les paupières pour apprécier la douceur de la lumière naturelle. Elle pouvait ressentir la caresse de la chaleur sur sa peau. Son appétit de vivre aiguisait chacun de ses sens. Elle eut même le sentiment d'entendre quelques notes de musique. Existait-il une symphonie de la liberté ?

Elle balaya le parking du regard pour trouver l'origine de ce son. Elle perçut la voix d'Étienne Daho à travers le carreau baissé d'une voiture à laquelle une femme était adossée :

« Un matin comme tous les autres, un nouveau Paris…

Rechercher un peu de magie, dans cette inertie morose.

Clopin-clopant sous la pluie, jouer le rôle de sa vie.

Puis un soir le rideau tombe, c'est pareil pour tout l'monde.

[…] Quand les certitudes s'effondrent en quelques secondes,

Sache que du berceau à la tombe c'est dur pour tout l'monde.

Rester debout mais à quel prix ? Sacrifier son instinct et ses envies…

Mais tout peut changer aujourd'hui et le premier jour du reste de ta vie... »

C'était le nouveau point de départ de la sienne et elle n'était pas seule : son avocate avait tenu à l'attendre. Comme au Monopoly, il leur fallait faire un dernier passage par la case prison. L'émotion dans leurs regards et leurs postures figea cet instant. Elles qui s'étaient rencontrées dans l'exiguïté d'une geôle se découvraient enfin dans l'immensité du monde extérieur, presque intimidées par ce nouvel espace.

Diane se rapprocha de sa cliente et tira de sa poche un vieux papier chiffonné sur lequel on pouvait lire un pronostic. Laura le saisit en même temps que sa main qu'elle agrippa fermement. Dans ce geste, toute l'intensité de sa reconnaissance et de leur adversité commune. Face à face, mais ensemble, enfin libres et debout !

Remerciements

À l'équipe de Challenges Avocats, pour vos encouragements et le temps que vous m'avez permis de dégager pour ce projet qui me tenait à cœur.

À Manuel, Émilie, Catherine et Georges pour votre exigence bienveillante et nos échanges stimulants.

À Isabelle, Éléonore, Laurence et Sébastien pour votre soutien de chaque instant.

À Frédéric, pour ta confiance et notre amitié profonde.

À Emmanuel, qui m'a montré que rien n'est impossible.

À ma mère, pour m'avoir transmis son goût d'écrire et sa soif de vivre.

À mon père, mon étoile précieuse.

Cet ouvrage a été composé
par Nord Compo
et achevé d'imprimer sur Roto-Page
par l'Imprimerie Floch à Mayenne
pour le compte des Éditions Stock
21, rue du Montparnasse, 75006 Paris
en février 2024

PAPIER CERTIFIÉ

Imprimé en France

Dépôt légal : mars 2024
N° d'édition : 01 – N° d'impression : 104371
46-51-7405/3